Este libro, como tal vez el mismo autor, es una obra de ficción. Cualquier similitud a gente viva, soñada o muerta no es nada más que el producto de sus deseos o recuerdos imprecisos.

NOCTURNO DE FRONTERA

NOCTURNO DE FRONTERA

SANTIAGO VAQUERA-VÁSQUEZ

www.suburbanoediciones.com

@suburbanocom

Para los compas que se encuentran por aquí
Para los colegas que no están
Para mi familia, porque sí
Para ella quien aguantó mis ausencias hasta que ya no pudo
Para los que he conocido en el camino
Para ti, quien llegaste justo a tiempo

Güelcome to this show...

Poco sé de la noche
pero la noche parece saber de mí,
y más aún, me asiste como si me quisiera,
me cubre la conciencia con sus estrellas.

—Alejandra Pizarnik

Later I would think of America as one vast City of Night
stretching gaudily from Times Square to Hollywood Boulevard
—jukebox-winking, rock-n-roll-moaning: America at night
fusing its darkcities into the unmistakable shape of loneliness.

—John Rechy

Madroad driving men ahead—the mad road, lonely, leading
around the bend into the openings of space towards the horizon...

—Jack Kerouac

I like a beautiful song that tells you terrible things.
We all like bad news out of a pretty mouth.

—Tom Waits

0: ESTO PASÓ, ESTO PASA, ESTO PASARÁ

And I asked myself about the present:
how wide it was, how deep it was,
how much was mine to keep.

—Kurt Vonnegut

Si hay alguien allá en el nightworld que pueda separar esta señal de todos los ruidos de las estrellas, recuerden este mensaje: esto pasó, esto pasa, esto pasará.

UN MUNDO RARO

Después, años después, al vernos de nuevo, Daniel me contó todo. Ya lo sabía, pero para él era necesario contármelo. Nos encontramos en Mi Linda Casa Azul, ese restorán cantina freak que estaba en el Spanish Harlem. El proyecto de la cantina era México de la post-Revolución pero imaginado por un punk. Algo así como Lucha Villa meets Lucha Libre en la casa de Frida Kahlo mientras que Diego Rivera platica en la cocina con sus amigos José Alfredo Jiménez, Speedy Gonzalez, Robert Smith de The Cure y Siouxsie Sioux de Siouxie and the Banshees. A veces el ambiente parecía como sacado de un performance de Guillermo Gómez Peña, el Border Brujo. Y para esa época en que el mundo se volvía más y más terrorífico, con constante violencia de género y ataques contra comunidades étnicas, religiosas y sexuales, lugares como Mi Linda Casa Azul eran necesarios como espacios de resistencia: ofrecían un mundo raro para un mundo violento.

Era mi lugar preferido. Obviously.

Allí tocaba una vez al mes con mi banda Las Ramonas. Nuestro sound era the Ramones en versión Tex-Mex, o sea, The Zeros meets Los Relámpagos del Norte en la casa de Los Tigres del Norte. A veces también le entrábamos al jazz, emulando a mis queridos Lounge Lizards. Incluso tuvimos la suerte de que John Lurie tocó con nosotros un par de veces, como también Marc Ribot. Todo un show, esa noche.

En fin, una noche mientras estábamos en una tocada, noté que entró Daniel. No lo había visto en años, tal vez unos trece o catorce. La última vez fue en el verano del 2004. Casi no lo reconocí. Ya no llevaba el mismo look, el look de alguien que no quería que lo vieran, alguien que llevaba una carga pesada, alguien que casi no podía con sus espectros.

Hay gente así, cargada con ecos y espectros, que está tan llena de memorias que se vive encerrada dentro de sí. Esas personas casi no pueden funcionar en público y prefieren pasar anónimamente entre la multitud. Sufren de ansiedad y sentimientos de no pertenecer. Daniel era así, pero he conocido a muchos más. Suelen venir a mi consultorio. Algunos esperan que les de la clave para la felicidad o que les quite las penas o les ayude a bajar las voces que tienen en la cabeza. Vienen y me piden consejos.

Daniel era uno de ellos. Pero él quedó marcado en mis recuerdos, tal vez por todo lo que cargaba dentro de él, esos secretos que lo estaban ahogando.

Cuando me acerqué a saludarle, no se sorprendió de que lo reconociera. Como que me esperaba. Y su primera pregunta fue rara:

¿Cuándo empezó esta historia?

Le miré un rato hasta contestar:

Checa esto. Se puede decir que empezó esa tarde que me pasaste a ver en mi despacho. Esa vez hace años cuando llegaste con duda en la mirada. Pero eso es simplemente una manera de verlo. Se puede decir también que empezó esa mañana que despertaste junto a tu mujer y decidiste que era hora de dejarla. O empezó la noche que la conociste en una fiesta en Stanford. O quizá no tiene nada que ver con Melina, sino con esa otra chica, Carmen, la que conociste en Madrid. O tal vez tampoco allí. Aunque todos esos momentos podrían ser buenos principios, maneras para ver lo que ha pasado. Quizá empieza con el momento en que tu padre, hijo de escribano, conoce a tu madre, hija de vaqueros, en una ciudad en el estado de Zacatecas y tienen que salir, fugarse de allí para llegar primero a Tijuana y luego cruzar la frontera para terminar finalmente en el norte de California donde naciste tú. O maybe, se puede decir que esta historia empezó hace más de mil años, cuando un hombre adorado como un dios se acercó a su madre para decirle que se iba de casa. Y le dijo que se llevaba un grupo de gente hacia un sitio al sur para fundar una ciudad grande desde donde conquistarían el mundo. Y le pidió que le hiciera dos pares de huaraches. Un par para la ida, porque el camino iba a ser arduo. Sería un camino largo, de años. Llegarían a un valle sagrado donde construirán su ciudad flotante que será la más grande del mundo. ¿Y el otro? Preguntó su madre. El otro será para el regreso, contestó. Pero no volveré como me ves ahora. Vendrán otros hombres desde muy lejos. Nos desterrarán de nuestra ciudad y la cubrirán de pavimento. Y volveré. Pero no me reconocerás. Volveré desterrado, haraposo, pobre, con mis huaraches desgastados. Y detrás de mí llegarán miles como yo, caminando hacia el norte.

Pero eso, eso, quizá ya es demasiado como principio. Aquí no habrá Apocalipsis de ese tipo. Aquí no se contará de una maldición histórica como motivación de un viaje de un tipo errante. No, lo tuyo es una historia más sencilla, más común. Es de un tipo que salió de viaje.

Abro los ojos.

Estoy en la habitación acostado en la cama bajo el edredón grueso. Tengo un sabor metálico en la punta de la lengua. Han vuelto por mí, pienso. A mi lado está la mesa con el globo pequeño. Dentro del globo: una piedra. Está encima de mi libro de Herodoto.

No entiendo por qué está allí.

Me levanto de la cama. Por entre las persianas noto que es de noche.

Tengo la certeza de saber dónde estoy, pero no estoy seguro cuándo. Esto es uno de los problemas de estar perdido en el tiempo. Uno nunca sabe si está antes o después de cuando debe estar. Y no puedo mirar ninguna revista o periódico o calendario para confirmar la fecha. Y no puedo hacerlo porque sencillamente estoy en un lugar donde un calendario no tiene sentido.

Simplemente estoy en un presente que puede también ser un futuro y un pasado a la misma vez.

Soy un dislocado en el tiempo.

Soy un border crosser que ha cruzado todas las fronteras.

Soy un Watcher que vive entre las ruinas de la historia.

Soy un, ja, eternauta.

DE LA CALLE

Dos años después de salir de su apartamento en Nueva York, Daniel Macías se encontró en la entrada de la galería y miró a sus amigos entre la gente. Nadie se había dado cuenta de su presencia. Parado allí, deseaba poder caminar desapercibido por entre el público y buscarse un rincón desde donde podría ver todo. También quería recuperar todos esos recuerdos que le llegaban rápidamente, como si su memoria fuera un flipbook donde las imágenes estáticas de su pasado de repente tomara vuelo.

La memoria es el olvido, se dijo.

Y en ese momento se acordó de una pregunta que se hizo en un sueño dos años antes.

La pregunta: ¿Cuándo empezó esta historia?

Y Daniel se acordó.

Se acordó de todo mientras estaba parado allí en la entrada a la galería. Se acordó de su vida de antes. Allá, en el norte de California. Después de varios años de nómada —trabajó como: locutor en Santa Barbara; velador de un camping en Winterhaven; asistente en la ferretería de un tío en la ciudad de México; taxista en Oslo; ingeniero de grabación en un proyecto lingüístico en la selva Lacandona; maestro de inglés en Estambul— Daniel conoció a Melina en Stanford.[1] Ella estudiaba para ser abogada y él limpiaba

---

1 Quizá esta historia empezó antes. La primera vez que conoció a Melina en una fiesta. Un rato allí y luego otro caminando por la Misión en San Francisco. En busca de un lugar para comer. Las tres de la mañana: los dos en ese flirteo de las primeras conversaciones mientras caminaban. El barrio Mission después de una lluvia: las calles mojadas; las tiendas cerradas; los semáforos que cambiaban de luz roja a verde a amarilla.

casas en Palo Alto mientras terminaba su MFA en fotografía y artes plásticas. A los ocho meses estaban comprometidos. Se casaron en la costa californiana, en Monterey. Fue una ceremonia pequeña, pero no les importó, estaban contentos. Después pasaron los meses de búsqueda de trabajo mientras armaban su casa en San Francisco. Luego salió un puesto para ella en New York City. Era el trabajo ideal.

Fue así que se mudaron del west al east: Go East, young couple. Fueron exploradores a la inversa, salieron a descubrir América en una ruta de oeste a este. Naturalmente tomaron la autopista: la Interstate 80 que va de San Francisco a New York City.

Peleaban. Y es que sabían que sus personalidades chocaban. Tenían distintas visiones de cómo vivir en el mundo. Como toda pareja. Lo típico. End of story. Mas Daniel ingenuo sentía que de alguna manera encajaban: era su opuesto, pero también su complemento.

Un sentimiento banal.

Pero a veces eso es lo que uno necesitaba.

Melina sentía que más que complemento sus diferencias sólo aumentaban. Abrían una brecha entre ellos.

Hasta que un día Daniel se dio cuenta de que les dividía un cañón del tamaño del país: veía a Melina alejarse más y más. Hasta que ella se volvió un punto infinito sobre un mapa donde las distancias se marcaban en tamaño natural: una milla. Hasta que terminaron los dos en silencio: compartían espacio pero no lugar. Y el muro que Daniel había cargado por años para protegerse contra el mundo se empezó a reforzar.

Esto pasó, esto pasa, esto pasará.

LA NOCHE

Esta debería ser una noche triste, pensó Daniel. Melina acostada a su lado. En la mañana él se despertará, recogerá sus maletas y saldrá por la puerta. Ya todo estaba listo. Tenía el billete del avión en su cartera, las maletas estaban empacadas y ya había pedido el coche que le llevaría al aeropuerto. JFK a SFO: New York a San Francisco. Al llegar a SFO recogerá el coche que alquiló y se irá a la casa de su amigo Gabriel, Gabi. Se quedará una noche. En la mañana doblará las cobijas, prenderá la cafetera, se duchará, se afeitará y luego volverá a la cocina para su taza de café. Esperará en la sala hasta que Gabi se despierte. Hablarán y luego Daniel juntará sus cosas y se preparará para irse de nuevo.

Conducirá hacia el norte a Hamilton City para ver a su madre y tal vez a su padre. Dormirá unos días en lo que era su habitación, luego se irá a Chico. De allí seguirá su camino hasta Austin. De Austin regresará al oeste, rumbo a Tijuana.

Ya tenía la ruta planeada. Un roadtrip por el Southwest, pensó. Como los que hacía antes de estar casado.

Un viaje solo.

Cada mañana despertaré solo, pensó. Me levantaré, haré la cama y saldré en busca de café. Conduciré por el desierto y me pararé dónde quiera.

Eso sí, cada mañana voy a despertarme solo.

Esta debería ser una noche triste, pensó, porque en la

mañana me voy de viaje sin mi chava con quien he estado casado por seis años.

De repente, le llegó a la mente una frase, <<Esto pasó. Esto pasa. Esto pasará.>> No sabía por qué lo pensó, pero le dio un poco de confort.

VIAJE AL NORTE

<<Esto pasó. Esto pasa. Esto pasará.>> Esa era la frase que siempre repetía Daniel. Se lo metí en la cabeza durante nuestra sesión. Ni se dio cuenta cuando lo hice. La idea era que lo repitiera. Era una frasecilla para ayudarle a sobrepasar la ansiedad. Su momento de dislocación. Una cosilla para que los espectros que cargaba se le bajaran un poco.

Esto pasa. Esto pasó. Esto pasará.

Hace unas semanas, mi hijo, Saúl, y yo salimos de Nueva York para visitar a unos amigos en Ithaca. Alquilé un coche y partimos temprano de nuestra casa en el vecindario de Boerum Hill en Brooklyn. Cruzamos el Hudson por el puente George Washington y cuando estábamos a la mitad, mi hijo volteó para mirar el contorno de la ciudad que dejábamos atrás.

¿Antes había dos torres al final de la ciudad? Me preguntó.

Sí.

Esperaba que siguiera con otra pregunta, ¿qué pasó? ¿por qué? Pero no preguntó nada más. Aceptó mi respuesta escueta y siguió mirando hacia fuera.

Mi hijo tiene diez años y hasta que tenía nueve sólo lo había visto dos veces. Luego murió su madre y me lo dejó a mí. Al verlo en su casa en California, pensé ¿Y ahora qué?

Saúl no tenía mucho tiempo en Nueva York. Creció en el norte de California, en un pueblo que se llama Yreka y que queda en la sombra de Mount Shasta que algunos llamaban la Montaña Blanca. Su paisaje no eran rascacielos ni tráfico.

Estaba acostumbrado a la sierra, los bosques, los árboles altísimos y, sobre todo, la gran presencia de la montaña blanca de Shasta y todas sus leyendas de OVNIS, Bigfoot y de sociedades subterráneas. Pero tal vez todo esto lo preparó para la mudanza a Nueva York con sus cañones de concreto y torres altas.

¿Qué sé yo?

Lo que sé es que tomó todo como si fuera normal. Cuando llegamos a mi casa en Brooklyn, pensé en la frase que le dije a Daniel: <<esto pasó, esto pasa, esto pasará>>. Miré a mi hijo parado en la entrada y supe que él también pensaba lo mismo.

Cuando entramos a Pennsylvania, le pregunté qué era lo que hacía. Estaba pegado a la ventana y miraba hacia arriba.

Estoy mirando al fondo del cielo. Para ver si encuentro a alguien que nos esté mirando. Alguien con una historia para contar. Me contestó.

Mi hijo es precoz para sus diez años. Yo no estaba preparado cuando vino a vivir conmigo. No sabía cómo ser papá. No hay manual para alguien que de un día a otro se encuentra con un hijo de diez años. Los padres que conocía siempre tenían años de preparación, pero yo fui de 0 a 10 en un día. Esa vez que lo vi en su casa en Yreka, me hizo pensar en la vida que construiríamos, el hilo de historias que nos uniría a nosotros y a los demás. Era una historia que me emocionaba, pero también me daba un poco de miedo. Y allí, tal vez, empecé a ser papá.

GHOST WORLD

Dos años antes de la exposición, Daniel despertó en el apartamento de Gabi en el Sunset District. Llegó la tarde anterior en un vuelo de Nueva York. Estaba agotado y lo único que buscaba era quitarse de encima los miles de millas de viaje y los años que había pasado en New York City.

Cuando llegó a la casa, estaba determinado en enfocarse en el proyecto que le había llevado a California. Pero su amigo lo quería sacar, le dijo que la noche le tenía una sorpresa. Daniel no estaba para sorpresas, sólo necesitaba la certidumbre de un trago.

Ya lo tenía pensado. Era un proceso simple: vaso, botella, hielo.

Introducir hielo al vaso, llenar vaso con trago, mezclar un poco, empinar.

Fill, stir, drink.

Repeat.

Hasta que la memoria se desenfoque.

Hasta que el soundtrack de su vida disminuya en volumen.

Hasta que todo desaparezca en ese hoyo negro que todos contenemos en el centro de la memoria.

Neta. La memoria es gacha con uno.

En la entrada de la casa de Gabriel: parado allí buscando con los ojos cansados un sitio donde esconderse, encubrirse, perderse. Sentía el abrazo de su amigo: el peso de sus brazos rodeándole con afecto. Los brazos de Daniel: atrapados en el aire sin saber qué hacer. Gabi notaba su nerviosismo, su feeling de extraviado. Lost. No pensaba dejarlo en casa esa noche. No way bróder, dijo. Su plan era otro. Sacarlo esa noche y meterlo a la noche de San Francisco. Llevarlo en un recorrido que empezaba en el Sunset, luego al Haight, al Castro, al Mission y finalmente a SoMa. South of Market. Quería que reconectara con su vieja ciudad, con los amigos que lo habían esperado tantos años.

De vuelta en Califas. Dijo Gabi. De vuelta a tus California dreams, ése.

A Daniel antes le gustaba pensar que llevaba un lazo fino que lo unía a ella. En el camino a casa de su amigo sentía que se había estrechado tanto tanto que en algún momento se rompió. Se quedó con el hilo en la mano, sabiendo que estaba roto. Y supo que estaba perdido, flotando por el espacio.

Para no pensar quiso volver a autopilot y dedicarse a su tarea: visitar amigos, a su familia, tomar fotos y entrevistar a gente para un proyecto sobre comunidades flotantes en el Southwest. La idea era sencilla: propuso entrevistar a personas en un recorrido por el suroeste del país, tomar fotos y preparar una serie de pinturas inspiradas en el viaje.

Mientras se preparaba para salir, Daniel vio la tarjeta postal que Melina y él le habían mandado después de volver de Madrid. Era una foto de las torres. Daniel quiso borrarlas de la postal, pero Melina pensó que sería de mal gusto. Lo único que pusieron como mensaje era, "Volvimos."

La vuelta a New York fue difícil. ¿Cómo no lo iba a ser? Veía lo que pasaba y lo que les venía. Vivió la época donde el temor se volvió justificación para crear un muro de olvido contra lo que se acercaba. Melina y él casi nunca se veían. Ella regresaba tarde de la oficina y muchas noches él cenaba solo. Cuando ella llegaba se iba directamente a la sala para ver algo de la tele sin dirigirle palabra. Para evitar ese silencio, empezó a salir temprano para el college y después pasaba la tarde deambulando por las calles de New York. A Melina no le gustaba llevarlo a eventos sociales de su empresa porque decía que no sabía comportarse: o siempre se quedaba en una esquina sin hablarle a nadie; o se iba a la terraza. Siempre afuera del círculo. Tampoco le gustaba salir con él a reuniones con sus colegas. A las exposiciones le decía que iba por obligación, para que la gente viera que tenía una esposa que lo apoyaba. Pero siempre se iba temprano, usando la excusa de que tenía mucho trabajo. La verdad es que a él igual no le gustaba que fuera: ella siempre se ponía a beber demasiado. Al final terminaban a gritos en la calle.

Los cuates intentaban consolarlo. Una tarde lo llevaron a un psíquico que conocían en Brooklyn. Un cowboy que parecía sacado de una película de David Lynch. Un buckaroo que tocaba el tololoche en una banda de jazz los viernes en el Lower East Side. Un vaquero que componía corridos y tocaba con un trío de jazz norteño en un restaurante mexicano en Spanish Harlem los domingos por la mañana.[2] Un psychic cowboy jazzman corridista con un despacho al lado de una funeraria.

Lo sé, no dejaba buena impresión.

Cuando entraron a la sala de espera notó que era un apartamento privado. El psíquico lo recibió en una

---

2 Mi Lindavista. ¡Cómo me encantaba ese lugar! Allí hacían tal vez los mejores huevos rancheros de la ciudad. Eran casi tan buenos como los que comí en Nuevo México. Cada vez que llegaba a Albuquerque, me iba a mi lugar favorito y pedía huevos rancheros. Y cuando me preguntaban, Red or Green, les contestaba Christmas. Luego me llegaba el platillo con un huevo en salsa roja y el otro en salsa verde. Buten Bueno. Muy buten Bueno.

habitación decorada con imágenes del Wild West. Había un cartel para el show de Búfalo Bill, carteles del Wild Bunch, Shane High Noon, reproducciones de pinturas de vaqueros y fotos de bandas norteñas: Los Tigres del Norte, Los Relámpagos del Norte, Los Invasores de Nuevo León. También había muchos libros, de vaqueros en su mayoría. Esperaba encontrarse con alguien en turbante pero lo que vio era un hombre mayor reclinado con sus botas sobre un escritorio. Tenía un sombrero blanco en un estante. La ventana de la habitación daba a un jardín pequeño

Ese hombre era yo.

¿Qué esperabas, Kalimán? Le pregunté cuando entró Daniel al despacho. Call me J.A. Me levanté y saludé con la amabilidad de viejos amigos. Lo primero que Daniel notó eran mis ojos. Azules. Tristes, según algunos. Y luego mi voz: grave, marcada —creía— por largas cabalgatas por los llanos, noches frente a un fogón contando historias y mezclado también con un aire de quien conoce de manera íntima ciertas botellas de whisky. Le di una sonrisa grande y le invité a salir a caminar.

Daniel, que todavía estaba abrumado[3] por todo lo que había encontrado, aceptó.

Salimos, yo sin sombrero, por la puerta de atrás y fuimos a la funeraria. Antes de entrar me preguntó si le iba a leer las cartas o si cargaba conmigo una bola de cristal para divisar el futuro. Me reí profundamente y le puse una mano sobre el hombro. Of course not, contesté. ¿Qué crees que soy? ¿Un

---

3 Textualmente, me dijo "apantallado" en su Spanish tan pocho, tan Mexican-American, que tiene. La primera vez que dijo que algo le había dejado apantallado a una española, ésta se rió y le pareció muy cute.

Mandrake the magician? Abrí la puerta de la funeraria. Al fondo había algunas personas en un salón pequeño frente a un ataúd blanco. Los dueños de la funeraria ya me conocían y no dijeron nada. Los dos pasamos a otro salón que era el showroom: varios modelos de ataúdes se exponían en una pared. Daniel todavía no sabía qué hacía allí y estuvo a punto de preguntármelo.

Tú, le dije mientras le estudiaba la cara, has recorrido mucho.

Me miró con sospecha.

No es lo que crees, continué. Esto no es realismo mágico. No me voy a poner a flotar por este salón. No te voy a contar el secreto de los Aztecas. Tampoco te voy a llevar a conquistar tierras nuevas o contarte algún New Age bullshit sobre Ley lines en el desierto y su significado cósmico. Simplemente te voy a decir lo que veo en ti. Y tú, tú has recorrido mucho.

Caminé hacia la pared de ataúdes y empecé a inspeccionarlos. Mientras miraba uno de madera tallada oscura apunté: y todavía tienes que recorrer más.

No nos quedamos mucho tiempo. Tampoco le dije otra cosa. Todo el mundo tiene su rollito y ¿cómo voy andar yo metiéndome en sus vidas? Daniel intentaba descifrar lo poco que le había sentenciado. Pensó, chingado, podría haberme ido al carnaval para recibir una mejor fortuna de uno de esos juegos mecánicos como el de la abuela Esmeralda.

No, le dije mientras nos despedíamos. No. La abuela Esmeralda te hubiera dicho lo mismo.

Y luego le mandé un pensamiento para que se lo grabara <<esto pasó, esto pasa, esto pasará>>

Más tarde, con los cuates en un bar, se puso a reír de la reunión. Les acusó de haber contratado a un actor de cine western. Juraban que no, que sabían de J.A. porque se juntaba con unos amigos músicos del Lower East Side.

¿Y eso de ser psíquico? Preguntó.

Ninguno estuvo seguro de aquello. Les parecía cool que hubiera alguien como él.[4]

Preguntó qué significaba J.A.

Claro, dijo uno, Joe Alfredo. Joe Alfredo Durán. Un bato del valle, de south Texas. Papá de Nuevo León y mamá de Texas. Y para que nadie le dijera José Alfredo, se pasa como J.A. Buen nombre para un psychic singing cowboy. ¿No?

José Alfredo existe, dijo otro. ¿Qué onda con eso?

Bien weird.

Regresó tarde a casa esa noche: Melina estaba dormida. Buscó en su despacho la carta de felicitaciones por una beca recibida. No sabía si aceptarla o no. El proyecto implicaba otro viaje: ya estaba cansado de viajar. Quería quedarse en casa con Melina, tal vez encontraría la manera para que las cosas mejoraran.

Pensaba que podría acortar la distancia que existía entre ellos.

Parado allí en su despacho, carta en mano, pensó en qué camino tomar.

Se puso frente al PowerBook y entró al internet a buscar vuelos a California. Go west, young man.

---

4 Nadie dice creer en los psíquicos, en los astrólogos, en los que juran adivinar el futuro. Pero vienen anyway. Qué sé yo por qué. Al final, todos buscan algo, pensó el Cowboy

TODOS CARGAMOS ALGO

Todos tenemos por lo menos una historia. Esa que cargamos de aquí para allá. Esa que se instala en el bolsillo y la sacamos de vez en cuando para mirarla. Esa que vive en nuestras entrañas. Esa que a veces no nos deja dormir y nos hace caminar por la casa o salir a la calle a las dos de la mañana. Esa que contamos a amigos o amantes en cantinas oscuras. Esa que nos persigue hasta que podamos quitárnosla de encima.

Tengo una aquí. Una historia.

Es sobre un bato.

Por años pensé en él. Daniel. Daniel Macias. Era un bato que parecía totalmente común. Un bato de aquellos, un bato de todos los días. Un bato que ves por allí y por allá, uno de ellos que no registra, que no deja huella. Aquí en un momento y olvidado en el siguiente. Gone en 60 segundos.

Un bato normal.

Pero tampoco tanto.

Eso era lo que él quería ser, un bato indistinto. Un average bato, alquien que no destacaba. Y hay una larga historia detrás de esto. Como yo, era hijo de inmigrantes mexicanos. Fue el primero en nacer de este lado de la línea. Incluso años después contaría que él era un anchor baby. Ancló a su familia a este país, como también lo hicieron sus hermanos. Hijo mayor de su familia, pero en vez de portarse como los hijos primogénitos, optó por ser invisible. Su hermana, la que le seguía en edad, lo llamaba Daniel Boring.

No siempre fue así. De niño tuvo todo para ser un

depredador machista como su papá. Guapo, flaco y popular entre la familia, bien podría crecer y ser el típico pendejo que se cree el rey del barrio. Verlo bailar en las fiestas que hacía la comunidad mexicana en su pueblo o notar la manera en que se movía con facilidad entre esa población hacían pensar que este niño era una promesa.

Una cosa es ser parte de una comunidad, pero cuando está rodeada por otra más grande, las cosas cambian. Daniel no pudo negociar esas diferencias. Sufrió bullying en la escuela por no hablar inglés, prefería el español de su familia, por no hacer las mismas actividades que hacían los chicos, no jugaba football ni baseball —era pésimo en los deportes— por pasar sus veranos en Tijuana con los tíos. Cuando intentó acercarse más a los americanos, favorecer el English en vez del Español, comer las mismas comidas que ellos, ser de alguna manera White, los chicos Mexicanos se burlaron de él.

Fue en los libros que descubrió que podría vivir otra vida, sin que nadie lo juzgara. Se pasaba horas en las bibliotecas, siempre llevaba un libro o un cómic con él cuando salía. Se volvió más introspectivo. Sus tíos se burlaban de él, sus colegas en la escuela lo toleraban poco por ser tan weird y las chicas no se le acercaban. Y en sus teen years cuando engordó y la cara se le llenó de acné y tuvo que empezar a llevar gafas, su transformación de machista en potencia a social outcast, fue completa. Su autoestima bajó y optó entonces por ser invisible.

Vivió en la sombra como algunos de sus primos que vivían en California sin papeles. What a piece of work. Y así fue hasta llegar a la universidad donde se juntó con otros misfits como él. Allí pudo quitarse algo de las pendejadas que tuvo que tragarse en la vida por ser foreigner. Pero lo que no tenía era esa seguridad en sí mismo que tenían otros, sobre todo los gabachos de su clase social. Ellos pensaban que, aunque las cosas fueran mal, en cualquier momento les llegaría la fama y su fortuna cambiaría. En cambio, él intuía que la vida no era así. Sentía que su pertenencia estaba condicionada a que nunca intentara sobresalir. Y eso, paradójicamente, le dio un arma para seguir adelante.

En fin, el bato hizo lo que muchos hemos tenido que hacer para vivir aquí. Muchos como él han venido a mi despacho en busca de una solución. Me piden que les cambie la fortuna, que les dé el secreto para conquistar a una chava, o conseguir el trabajo que más quieren. Algunos quieren ganar la lotería, otros me piden ayuda para traer a sus parientes a este país. Y lo único que puedo hacer es escuchar. Al final, es lo que más quiere uno: que alguien lo escuche, que alguien lo tome en cuenta, que alguien reconozca su presencia.

Daniel vino por lo mismo, si bien no lo sabía. Noté que cargaba muchos espectros, era una nube negra, un bulto que casi le hacía desaparecer. Pero entre todo eso, vi que tenía muchas dudas y algo de culpa que intentaba ocultar. Todo eso se lo vi la primera vez que llegó a mi despacho. Sugerencia de sus amigos, me dijo. Buscaba algo. Algo que posiblemente podría ofrecerle.

Un camino. Una salida. Una ruta. Una solución.

Lo vi parado con la luz del atardecer enfocándolo como en un gran spotlight. En la cara tenía dudas. En la boca tenía preguntas. En el corazón tenía caminos. Me llegó como un bato compuesto de autopistas, carreteras, caminos y senderos. Buscaba la ruta para saltar esos muros internos que había construido.

Una hora después, cuando nos despedimos, me preguntó: ¿Es verdad que eres...?

Y nada. No terminó la pregunta.

Le miré a los ojos.

No lo pienses tanto, le contesté. Si prefieres, simplemente soy un watcher.

AQUÍ VIVÍA YO

La mañana que se fue, Melina ni se despertó para decirle buena suerte en el viaje. Al salir por la puerta del edificio donde vivían, al despedirse de Sergio el dormán, y al subir al taxi que le llevaría a JFK, a Daniel le entró a la cabeza: no voy a volver.

Y en ese momento quiso bajarse corriendo del coche, subir al apartamento; despertarla y decirle que todo estaría bien. Que regresaría pronto. Que sólo necesitaba tiempo.

Pero el tiempo se acababa. Corría por un hilo eléctrico que se venía quemando y la llama casi los tocaba.

En el taxi le dijo al chofer que lo llevara a JFK. No volvió la mirada hacia su edificio. Estaba en camino.

THE BIG COUNTRY

En el vuelo, Daniel escuchaba una rola de los Talking Heads y miraba el paisaje por la ventana. Veía cómo la tierra cambiaba de color, cómo las ciudades pasaban a suburbios y luego a pueblos y ranchos. Los bosques a llanos. Las cordilleras a valles y luego a pradera. Si tuviera un hijo, le mostraría todo eso, ese país que variaba de región a región. Le hablaría de su propia vida y sus viajes. Si pudiera, le trazaría desde el avión los caminos por donde había viajado. Le apuntaría los lugares donde había parado: los restaurantes donde comió y conversó con gente, las gasolineras donde paró, los hoteles donde durmió. Le contaría lo que significa ser hijo de inmigrantes y cómo eso le hacía inmigrante también. Le describiría las casas pobres donde creció, los muebles regalados, la ropa usada y reusada, las comidas humildes. Intentaría darle a su hijo un fuerte conocimiento de su pasado para poder resistir el sentimiento de soledad que se hilaba en la familia, una soledad que no solo estaba en la sangre, sino también en el hecho de vivir en un país que no los aceptaba como perteneciente a la nación. Daniel no quería eso para su hijo, quería que se reconociera como alguien querido e integrante de su comunidad. Alguien que miraría por la ventana de un avión y se reconocería en el paisaje.

Para no seguir con esos pensamientos, decidió sacar la revista de la aerolínea y mirar el crucigrama. Alguien ya había intentado llenarlo, pero sólo había escrito un nombre. Carmen.

Daniel cerró la revista y se puso a mirar por la ventana. Carmen. Él se acordaba de Carmen. La mexicanísima señorita Carmen. Carmen Cuernavaca: no por su apellido sino por su ciudad natal; Cuernavaca, estado de Morelos.

Se conocieron en una fiesta en Madrid en su primera visita a España en el verano del '95. Casi inmediatamente Carmen —Call me C, le dijo— se ofreció a llevarlo por la ciudad. Ella era una AlterLatina Mexicana —piel pálida, cabello negro y corto, gafas gruesas y una camiseta de "White Punks on Dope" de los Tubes.[5] Pasaba una temporada larga en la ciudad. Estoy de sabático, le dijo. Viajaba mucho. Construía un home en sus andanzas. Cuernavaca era su past, le explicó a Daniel.[6]

Los presentaron un jueves y estuvieron juntos hasta el amanecer. Al salir de una disco deambularon hasta el parque del Oeste donde se sentaron cerca del Templo del Debold para seguir en la plática. El viernes se juntaron de nuevo al mediodía cerca del mercado de Fuencarral para comer. Se quedaron juntos hasta las dos de la mañana del lunes cuando Daniel tuvo que regresar a su hostal para hacer la maleta. Llegaron al metro Tribunal antes del cierre. Bajaron a la estación y antes de separarse, Daniel se acercó a Carmen y los dos se dieron un beso largo. Luego ella se separó, le sonrió y bajó a su andén. Daniel bajó al suyo y los dos se encontraron en andenes opuestos. Se miraron sin decir nada.

---

5 En otra época, si esto fuera una película, ella sería una Manic Pixie Dream Girl y después una hipster. Pero en esa época, a mediados de los '90, era sencillamente —y todavía lo es— una chingona.

6 Salió una mañana de casa. Anunció a su familia: ¡Me voy del país! Y después de pasar por Venezuela, Brasil y Portugal, llegó a Madrid con dos pares de huaraches en su maleta: como le dijo a Daniel una tarde, un par para la llegada, otro para el regreso. ¿A dónde llegas? Le preguntó. Carmen no contestó, sólo miró por la ventana como si no lo escuchara.

Aunque habían pasado cuatro días intensos, hablando de música, de cine, de los libros que leían, y aunque sentía una fuerte atracción hacia ella: no pudo hacer nada. Daniel se regresaba a California. Carmen vivía en Madrid.

And that was that.

La distancia les condenaba.

Y así era.

Se miraron. Daniel, tímido y torpe en esas situaciones, buscaba las palabras correctas. Miró que se acercaban las luces del tren de ella y le dijo, finalmente: Te escribo.

Ella sonrió. Llegó su tren, se subió y se sentó en un asiento de cara hacia él. Volvió a sonreírle. Daniel supo que no había dicho lo correcto, que ella quería algo más.

Miró al salir de la estación. En breve llegaba el suyo.

Te escribo. Qué pendejo.

Debía haber hecho lo que pensó: correr al andén de ella, subirse a su tren para decirle que no se iba a regresar, que se iba a quedar en Madrid, que también estaba de sabático y que necesitaba guía.

Pero la duda que siempre le entraba cuando se encontraba en esas situaciones lo impidió. Y al final, no pudo ver más allá de la distancia que los separaba.

En California a veces se acordaba de ella y se preguntaba si sería posible cambiar de vida por un fin de semana. Habló de ella con su grupillo hasta que se cansaron de oír su nombre. Se sentaba en las piedras arriba de las ruinas de los baños Sutro, miraba los barcos de contenedores que pasaban a la bahía de San Francisco y pensaba en su sonrisa. Pasó el resto del verano en su pueblo al norte de San Francisco y por las tardes a veces subía al Skyway para estacionarse en una colina y mirar al valle. Pensó en una tarde que pasaron acostados en su piso en Madrid. Fue uno de los pocos momentos en que descansaron en su largo recorrido por la ciudad y fue la única vez que pasó a su apartamento. Por el calor que hacía abrieron la ventana y se acostaron para escuchar los ruidos de la calle. En un momento, Carmen, a punto de caerse dormida, le dijo, Cuéntame un cuento. Y Daniel se quedó allí a su lado sin saber qué contar. Finalmente le dijo a Carmen que mejor describiera su día usando sabores de helado. Fácil, le contestó. Mamey dulce por el desayuno, limón agrio y chile por el mediodía, la tarde fue sandía y el atardecer es Jaca.

¿Jaca?

Si. ¿La has probado? Es un sabor raro, porque tiene muchos sabores, a veces sabe a manzana, a veces a piña, a veces a plátano, o a veces a mango. Para mí, cuando la he comido, siempre me recuerda a motitas de plátano. ¿Las conoces? Esas gomas de mascar en México que siempre salían en las piñatas y las fiestas. A mí me encantaban. No sé si todavía las venden, pero cuando era niña fui adicta. Motitas de plátano.

Ok. ¿Pero ahora qué quiere decir eso como una descripción de tu día?

Vas a tener que pensarlo, le contestó.

Cuando la besó en el metro, lo primero que pensó fue que Carmen sabía a Jaca.

Se mantuvieron en contacto por correo. A veces intercambiaban cassettes de música, fotos o postales.[7] Poco a

---

[7] Si el amor es un mixtape, le preguntó en una carta, ¿qué estaría en tu mezcla? Fácil, le contestó. Aquí te la mando. "This Must Be the Place" (Talking Heads); "Don't Fall" (Chameleons); "All

poco el contacto se iba perdiendo. Daniel conoció a Melina y se casaron. Los mixtapes de Carmen terminaron años después en su primer iPod que Melina le regaló en Madrid. La última carta a Carmen, nunca enviada, quedó archivada en el disco duro de un PowerBook G3 que se compró después de vender varias obras en una exposición.

Cuando Melina y él se fueron a vivir a Madrid, en esos dos meses que luego se convirtieron en catorce por lo de las torres, a veces se acordaba de ella. Estaría tomando unas cañas con amigos en la terraza de la Casa de Granada y pensaría que en cualquier momento la vería entrar. O estaría caminando por Malasaña con Melina y juraría verla en un bar, tomando copas con amigos. O estaría saliendo del edificio donde vivía —en la calle Miguel Ángel, cerca de la glorieta Rubén Darío— y creería verla sentada en la terraza de la esquina, desayunando y leyendo el periódico. Pero nunca encontró más que el eco de su presencia.[8]

Mine" (Portishead); "All Mixed Up" (Red House Painters); "True Love Will Find You in the End" (Daniel Johnston); "Transatlantic Telephone Call" (Lois); "2:45 AM" (Elliott Smith); "Say You Miss Me" (Wilco); "Idos de la mente" (Los Relámpagos del Norte); "Ella usó mi cabeza como un revólver" (Soda Stereo); "I Will Dare" (the Replacements); "Willing to Wait" (Sebadoh); "Shadows" (Yo la Tengo); "My Forgotten Favorite" (Velocity Girl); "Cast a Shadow" (Beat Happening).

8Comenta Laurie Anderson, en sus *United States Live*: "there are ten million stories in the naked city, but no one can remember which one is theirs."

PUENTE

Años después, cuando nos volvimos a encontrar, Daniel me habló de esa época en que sentía que estaba perdido en el tiempo. Como que de repente había entrado a una especie de paréntesis. Se había vuelto eternauta pero sólo podía volver al pasado. A veces nos toca regresar, volver a un punto anterior. Nos rebobinamos como un antiguo cassette de video. Por favor, rebobinar. Nadie nos dice.

Pero a veces lo hacemos.

Puede ser fácil. Volverse.

Cosa de la memoria. Parte de la maquinaria interior.

Rebobinamos el cassette para volver. Tal vez para entender un mal paso que hicimos, o intentar buscar la causa por la que terminamos en donde nos encontramos.

Pero otras veces no es fácil. Hay saltos causados por mugre en la maquinaria, hoyos negros, huecos y abismos: malos momentos en la maquinaria que todavía no podemos saltar. Nos topamos con esos momentos y nuestros saltos temporales se vuelven dolorosos. Nos volvemos viajeros suspendidos fuera del tiempo. Unstuck. En vez de vivir un momento seguido por otro y luego otro, nos podríamos encontrar en un desliz, o estancados en el mismo momento, o empujados al pasado y luego al presente.

Viajamos en una máquina averiada de tiempo.

El presente se torna no una procesión de momentos que pasan desapercibidos, sino uno en donde el presente toma forma, peso y volumen. En vez de percibir el tiempo como una película continua, una cadena de momentos, vemos cómo empieza a parecerse a una serie de fotos, a veces discontinuas. Nos damos cuenta de lo poco que guardamos del presente, por lo menos en cuanto lo que creemos que será útil para el futuro.

Daniel pensó que sentirse dislocado también lo llevó a vivir en una especie de hueco, intervalo o paréntesis. Suelen ocurrir: momentos parentéticos, momentos que pueden ser abiertos por algún trauma o por un cambio que nunca llega. A veces los cambios no llegan como uno espera. A veces entran como una astilla, se instalan en el cuerpo y residen allí —tal vez bajo el corazón, tal vez en un pulmón, tal vez en cualquier parte del cuerpo— desapercibidas hasta que decidan florecer.

Considera esta historia que me contaron hace años. Un día un hombre parisino se despierta en un vuelo que llega a la ciudad de México. Es de madrugada y ve que las luces de la ciudad parecen como una constelación flotando en una laguna negra. Solo lleva una maleta pequeña. Al pasar por aduana, sale a la terminal, pasa por una zona de comidas, cruza un puente de cristal y entra a un hotel que está conectado al aeropuerto. En la recepción pide una habitación en la planta más alta, con una vista a la calle. Sube a su habitación y se va a la ventana donde abre las cortinas para mirar afuera. Es temprano. Hay algunas tiendas abiertas, pocos carros circulan. Con dificultad abre la ventana y se avienta. Cae de cabeza en el pavimento. Una mancha se empieza a formar alrededor del cuerpo. Ha estado en la ciudad de México menos de una hora. Luego se reporta que era su primera vez en el país.

¿Por qué hizo esto? ¿Quién carajos sabe? Tal vez sufría mal de amor. Tal vez fue algo horrible que leyó. Tal vez porque se encontró en un jale que no lo llevaba a dónde quería ir, o a la vida que imaginaba que iba a tener.

Voy a opinar que el bato se encontró atrapado en un qué se yo, un parenthetical moment, en el in-between, en un momento del que no podía escaparse.

Como la madre de mi hijo. Los médicos dijeron que murió por un paro cardíaco causado por un latido irregular del corazón. Cuando la vi, supe que fue más que eso. No estaba en dónde quería estar, no había logrado la paz que buscó toda la vida. Observaba a los árboles y al cielo y miró una vida que se le había ido. Se atoró en un momento y luego se perdió allí.

Como Daniel. Despertó una mañana al lado de su mujer, la miró y se dio cuenta de que no sabía como llegó allí. Saltó de la cama y se dijo, Esta no es mi casa bella. ¿Esto dónde es? ¿Cómo llegué aquí?

Y entró en un parenthetical moment.

EL EXTRANJERO

En algún momento de la noche, el viaje que había hecho para volver a San Francisco se le cayó encima. No era simplemente el viaje de Nueva York: era todo. La despedida de Califas para irse el este, los años de viajes, todo ese vagabundeo. Todo se le volvió borroso: los colores, la noche, las copas, los amigos y amigas. Las preguntas. Sobre Melina. Sobre Nueva York. Sobre Madrid.

Lo único que podía era disculparse y decir que el viaje había sido muy cansador y que en verdad no podía hablar de aquello. Se sentía como un falling man. Un failing man. Caído y fracasado.

Caminaba como sonámbulo detrás de Gabi por los lugares donde antes solía salir. Fueron a la Victoria. Luego pasaron por la Galería de la Raza donde su amigo paró para hablar con un pintor. En Shotwell's tomaron un par de cervezas con otro grupo de amigos. Posteriormente se fueron al Latin American Club. Fue allí donde todo cambió al escuchar que alguien lo llamaba desde el bar. Era ella. Carmen. Fue un golpe. ¿Ella? ¿Aquí? ¿Cómo?

Tuvieron una conversación rápida en el bar. Ella tenía que irse para juntarse con alguien y Daniel se tenía que ir porque Gabi lo quería llevar a otro sitio. Intercambiaron correos de imeil y luego ella desapareció.[9] Salió a la calle y todo se le volvió borroso de nuevo.

No supo a qué hora terminó bocabajo en el sofá.[10]

---

9 Tal vez su historia empieza allí, esa noche en que la volvió a encontrar en el bar. C, la chica de los ojos sonrientes que le llevó en largas caminatas por Madrid. C: después de nueve años, estaba allí de nuevo. Todo pasó tan rápido que luego dudó si la había vuelto a encontrar.

10 4:30 de la mañana. Gabi casi lo cargó a un taxi y los dos regresaron a la casa de Sunset. Daniel pasó el tiempo recargado contra la ventana y apuntando a las calles que pasaban. En un momento, de repente apuntó hacia el cielo y susurró: "alguien nos mira". Cuando su amigo le preguntó que repitiera lo que dijo, Daniel estaba dormido.

IN THE LOST AND FOUND

Dos años después, antes de entrar por la puerta de la galería en San Francisco donde presentaba su primera exposición como solista, "Postcards del Lost and Found," Daniel se acordó de esa mañana dos años antes en que despertó en el apartamento de Gabi.[11] Era un sueño que lo despertó.

Un bar. Amigos. Noche de copas. Música en la rocola. Una chava de ojos tristes: sentada al lado de una ventana. Un hombre alto: vestido de negro contra una pared. A punto de cantar una canción. Una canción que saliera para instalarse en el aire, flotar hasta convertirse en lluvia y caer sobre una ciudad donde los recuerdos se perdían. Un hombre que manda mensajes a las estrellas, buscando un conecte. Otra chava que lentamente se acerca. Alguien hace una pregunta.

¿Cuándo empezó esta historia?

Y despertó. La luz de la mañana que entraba por entre las cortinas y avanzaba hasta su pies cobijados. Daniel intentó sin éxito recordarse del sueño, atrapar el hilo narrativo.

Esa mañana, cuando Daniel salió para empezar su viaje, todavía intentaba recomponer el sueño perdido. Y supo que su historia empezaba allí, en el coche. Tenía que hacer un recorrido.

Se dio cuenta de que sus historias preferidas siempre empezaban de la misma manera, con una partida.

Esto pasó. Esto pasa. Todo esto pasará. Más o menos así.

---

11 El show consistía en doce pinturas sobre lienzo. Cada obra presentada a manera de una tarjeta postal gigante: en algunas había fragmentos de texto, en otras incorporó fotos. Para una banda sonora, tenía puesto el mix de Carmen, "Love is a Mixtape."

¿Cuándo empezó esta historia?

Salgo a la terraza para contemplar la noche. El cielo está cubierto de estrellas. Me han dicho que hubo una época en que ya no se veían, que el cielo estaba encapotado por una capa densa de contaminación. Antes la gente usaba esos cuerpos celestes para guiarse a través del mundo, pero ahora, sin esa luz astral, eso se olvidó. Los astros quedaron en las pinturas y las fotos hasta convertirse en cuentos de hadas. Luego llegó un cataclismo que cambió todo. Después de vivir siglos con un cielo extinguido, las estrellas regresaron y los sobrevivientes del Evento volvieron a mirar hacia arriba.

Contemplo el cielo, pero no reconozco las constelaciones. Al principio esto me afectaba, veía hacia arriba y sentía que el cielo me era indiferente. Ahora, después de tantos años de estar aquí — cuántos, no lo sé, pero siento que son muchos— ya no me molesta e incluso ahora me dan consuelo esas estrellas tan distintas.

I: ENCUENTROS

I left my home behind me
but my past clings to my fingers
so that every word I write bears
the mark like a cancelled postage stamp
of my birthplace.

—Judith Ortiz Cofer

TARJETA POSTAL: TRUCK STOP

En la parte superior, en letras negras, "Beacon Truck Stop. I-5 Dunnigan, California." En esta postal hay un hombre sentado en una mesa de un restaurante de carretera. Es tarde. A su lado un teléfono, usado generalmente por camioneros para llamar a jefes, amigos o amantes. Al lado de la mesa un anuncio de tabaco con una chica al estilo Daisy Duke saludando a un camionero. La luz que entra desde afuera es intensa, pero casi no puede penetrar el ambiente gris del interior. En el margen, en letras mayúsculas y amarillas: GREETINGS FROM AMERICA'S LOVELY HIGHWAYS!

Sentado en la mesa, con el PowerBook conectado a la línea telefónica, pensaste en el anuncio. No fumabas, pero te daban ganas de hacerlo. Como también te daban ganas de subirte a un 18 wheeler y empezar a viajar por las autopistas del país. Vivir a la deriva. Vivir sin memoria.

Allí en el truck stop de Dunnigan, no sabías qué te había pasado. Todavía no podías entenderlo.

Despertaste una mañana al lado de Melina y te fuiste de casa. Maletas en mano. Como un traveling salesman. O un preso intentando escaparse de una cárcel cuyas rejas estaban hechas de acusaciones. De los fifty ways to leave your lover, escogiste la más básica. Te saliste por la puerta.

En la mesa, una taza de café. La verdad no estabas cansado, no tan cansado como para tomar una taza de truck stop coffee: café que tiene poderes chamánicos para despertar ánimos en los viajes largos. Tampoco había razón para estar allí. No habías viajado tanto. No como ese verano que trabajaste en Hanford en ese programa de Migrant Education y viviste con tu tía Elena. Tu coche en esa época tenía el problema de calentarse demasiado y te dejaba parado muchas veces al lado de alguna autopista. La tía Elena te recomendó que en viajes largos condujeras de noche. Y eso hiciste. Salías de Hanford a las once, cuando la temperatura había bajado suficiente. Parabas en truck stops para no correr demasiado el motor. A media noche te entraba el sueño y truck stop coffee ayudaba mantenerte despierto. Y más importante: alerta. Tu última parada siempre era Dunnigan, a dos horas de Chico. Te quedabas una hora, tomando café en una de las mesas. Después volvías a subirte al coche y seguir el viaje. Llegabas como a las seis de la mañana.

Esta vez no venías desde Hanford sino de San Francisco con parada en Pleasanton para comer con un amigo. Un viaje corto, pero te habías parado ya no por cansancio sino porque ya era parte del itinerario. Parada de costumbre. Y eso era lo que necesitabas: una rutina. Café en Dunnigan antes de llegar a tu próxima parada: la casa de tu madre en Hamilton City.

Frente a ti estaba tu cuaderno. Siempre viajabas con uno para apuntar impresiones, números de teléfono, dibujos, cosas. En la mano tenías un boli. A tu lado, en la pantalla del PowerBook, estaba el mensaje de C en tu Inbox. Quería que le contaras un cuento como antes cuando deambulaban por Madrid. No se te ocurría nada más que la imagen de un hombre sentado en una mesa de un truckstop, pensando en los viajes.

ENCUENTROS

To: Miss_Cuernavaca68@rocketmail.com
From: elpocho66@writeme.net
Subject: Encuentros

Mi estimada Miss C, you were right. A veces el mundo es tan grande que uno pensaría que nunca se podría topar con la misma persona más de una vez. Y a veces el mundo es tan pequeño que sí, efectivamente, se encuentran de nuevo y se dan cuenta de que el mundo es un chicle pegado a un zapato. O algo así.
San Francisco. What can I say? Me dio mucho gusto verte. It's true.
¿Cuánto tiempo ha pasado? Too many years, la neta. Demasiados.
Te digo la verdad, te veías impresionante. Igual que antes. Igualita.
Y —¡oh sorpresa!— no sabía que ahora vivías en SF. Y estoy seguro que tampoco sabías que ahora vivía en New York. Pues cómo lo sabrías, si no nos hemos visto en qué, ¿cinco, seis, siete años? O precisamente: nueve años, un mes y cinco días. But who's counting? Je, je, je.
Sincerely,
D.

SHE HAUNTS MY DREAMS

La divina Miss C.

No sabía qué pensar de su aparición en el bar. A veces la gente reaparece en los momentos más inesperados: que quiere decir que llegan justo a tiempo. Como escribió alguna vez Jaime Sabines, "debí haberte encontrado diez años antes o diez años después, pero llegaste a tiempo."

Mis recuerdos de ella siempre llegan en momentos inesperados. Me pasó un par de veces cuando Melina y yo vivíamos en Madrid. La primera vez fue en un sueño que tuve. Desperté y estaba Carmen a mi lado, la cabeza debajo de la almohada. Le pregunté si pensaba despertarse. Me dijo que se despertaría en cuanto todo estuviera en orden. Me dirigí a la sala y vi que había libros y papeles por todas partes. En la cocina, platos sucios y vasos que se necesitaban acomodar. Comencé a organizar, pero decidí prepararme un café y volver a la habitación. Desperté con Melina a mi lado. Era temprano y bajé del loft a la sala. No estaba tan desorganizado: algunas revistas, la laptop de Melina, algunos libros, las tazas de café en la mesa.

La segunda vez fue cuando me acordé de que en una carta Carmen me habló de irse a Perú. Tenía una amiga que trabajaba para una ONG en un pueblo cerca de Cusco y le ofreció un trabajo. Cuando mi amigo Diego volvió de un reportaje que hizo por allá, me mostró fotos de su visita a Ollantaytambo. En una había una chica sentada en una roca, tenía el pelo largo y estaba de perfil. Al principio pensé que era Carmen sentada en una roca en ese pueblo pequeño en los Andes.

Nuestras vidas no son nada más que momentos, muchas veces fugaces.[12]

Para enfocarme en lo que estaba frente a mí, me puse a mirar a las cajeras de nuevo. Las cajeras siempre son señoras que vienen de la zona. Caras arrugadas por el viento y los malos tratos. Fuman y miran hacia fuera, quizá esperando que alguien parara a llevarlas a otro sitio de menos viento. O simplemente otro sitio: somewhere, out there. Una de las cajeras es una señora mayor. La otra joven. Hispana. Quizá recién salida de la secundaria. Se nota que a su edad ya lo ha pasado duro. Disimula el cansancio que carga, pero se le nota en la mirada. Distante. Está parada junto a uno de los cajeros. Coquetea con unos troqueros, pensando quizá que uno de ellos la llevará lejos de allí. A otra vida. Una donde no tendría que vivir un camino que terminaba en ser cajera de un truck stop.

---

12 De adolescente, pensaba que el truco del time travel era descubrir el momento fijo que podría servir de puerta para saltar del presente al futuro o al pasado. Obvio que leía demasiados libros de ciencia ficción. Libros que por casualidad están en las repisas que están en la sala de esta casa.

PATA DE PERRO

Daniel, sentado en la mesa al lado de la ventana. Miraba a los camiones que se estacionaban en la puerta del restaurante de carretera. El mensaje de Carmen y los camiones le hicieron recordar las rutas que había tomado desde que se fue de su pueblo.

Recién graduado con una maestría en Library Science de la Universidad de California en Santa Bárbara, no tenía ganas de entrar al real world y se fue a México para trabajar con un tío en la capital. Llegó allá a finales de junio. A los cuatro meses estaba en Chiapas, en la selva Lacandona, grababa entrevistas con las comunidades indígenas para un proyecto de un profesor de la universidad de Michigan. Empezó también a documentar sus viajes a la selva con fotos y decidió solicitar a programas de maestría en Artes Visuales. Mientras esperaba que alguno le aceptara, se fue de México para Europa. Primero llegó a Polonia atraído por la oferta de enseñar Inglés en Sopot, al lado del mar Báltico. El trabajo prometido no salió y de allí se fue a Estambul donde sí logró conseguir un puesto. Ocho meses después, se regresó a México en julio del '93. En la casa de su tío, encontró una carta de aceptación al programa del MFA en el San Francisco Art Institute. La fecha era febrero de ese año. Mandó una carta donde pidió que empezara en enero. Cuando recibió una respuesta positiva, se fue de la Ciudad de México hacia el norte en autobús. En Tijuana, un primo le consiguió un trabajo en un taller de diseño. Se quedó allí hasta que un amigo, su cuate Arturo —Chicano Art— le llamó para decirle que había un jale en Winterhaven. Velador nocturno en un camping para Snowbirds.

Snowbirds? Le preguntó cuando llegó a Algodones. Tomaban cervezas en una taquería.

Sí, carnal. Esa gente jubilada del norte que ya no aguanta el frío y baja cada invierno al desierto. Ancianos migratorios. Migran como los pájaros. White migration, ¿sabes lo que te digo, loco? Viven en campers, en mobile homes, en autobuses convertidos en casas rodantes. Una locura, bato. Se vienen porque es mucho mejor aquí que pasar un invierno en Minnesota, North Dakota, foquín upstate New York o Wisconsin. Tanta pinche nieve. Sólo para polar bears.

O vikingos. Le contestó.

Of course, loco! Y lo irónico de estos olds es que allá pasan el tiempo quejándose de los mexicanos, del español, de los illegal immigrants...y aquí bajan para vivir al lado del foquín enemigo. Aquí en la línea. Pinches migrantes gringos hipócritas. Saben que sus medicamentos que cuestan un chingo allá lo pueden comprar barato en este Mexican side de la line. Y allí los ves, los viejos racistas, en sus pantalones cortos y sus piernas blancas blancas. En fila para el dentista, para el oculista, para las farmacias.

¿Y qué haríamos en el camping? ¿Cómo se llama?

Friendly Acres. Claro, loco, tiene nombre de pinche funeraria.

O cementerio.

Y casi lo es, carnal. You better believe it. Median age de la gente allí ahora: 114. Bueno, maybe 70. En fin, puro old. Lo único que haríamos sería estar encerrados en la oficina esperando cualquier llamada de algún old person. Con esta gente, lo típico sería el de "I've fallen and can't get up" en vez de "I'm failing and can't get it up." Chicano Art le miró con una sonrisa irónica y tomó de su Tecate. Y well—continuó— de vez en cuando saldríamos a inspeccionar la zona. Nos dan un golf cart. También se puede hacer caminando. No crees que nos tocará pleitos o anything. A lo más llegará la ambulancia para llevarse algún muerto, algún bato que decidió colgar los tenis. Ya verás, loco, la chamba va a ser bien easy, but i suave, como dicen los Chicanos veteranos.

Y —lo miró seriamente— la main razón para aceptar este job: las managers de Friendly Acres. Dos hermanas. Gemelas. Doublemint twins. Double. Mint. Hermanas gemelas de Minnesota. Checa, loco, checa. Summer y Autumn. Mis dos estaciones favoritas.

¡Pinche Art! Ya sabía que algo más tendría que haber. Sale, bróder. Acepto la oferta del jale. ¿Cuándo conozco a las twins?

Pero antes, ése. Hands off them

Oquela….

Es que no he decidido cuál me gusta más. A veces I feel like Summer. A veces I'm feeling Autumn.

Lo que no sabía era que ellas sí decidieron. Chicano Art nunca supo distinguirlas y a ellas les gustaba hacer el papel de la otra para tomarle el pelo. Autumn y Daniel se reían a carcajadas en el bar.

¿Quién eres ahora? Le preguntaba.

Guess. Le besaba la frente.

La tomaba de la mano y empezaba a estudiarle la palma, trazaba las líneas con el dedo índice hasta avanzar lentamente al punto de los dedos. Autumn se acercaba y lo empezaba a besar en la nuca.

Summer.

Good guess! Le susurraba al oído. Y Autumn lo tomaba de la mano y lo conducía a la pequeña pista de baile que estaba al lado del tablero de dardos.

Si das un mal paso, ya sabes lo que te pasará. Le decía.

Yup. A dart in the neck.

O peor. Y le abrazaba. A dart in the eye.

Autumn, la little Miss Obvious. Le dijo.

Daniel en la mesa se quedó mirando a la cajera joven. Llevaba el pelo largo atado en un moño. Le recordó a Autumn. A la manera en que se movía con soltura. A la cara que ponía cuando se acercaba para hacer creer que toda su atención estaba puesta en él.

Autumn le contó muchas cosas. Sus deseos de viajar: pensaba que sería cool conocer a un camionero y atravesar el país; quería viajar en autobús de Mexicali a Cabo San Lucas y de allí irse en transbordador hacia Mazatlán y bajar por todo México hasta llegar a Yucatán. También le relataba sus ideas para otras carreras. Una era estudiar los mass communication y proponer un programa de tele dedicado a las imágenes más tristes del sufrimiento animal. Así se podría aumentar el nivel de compasión y empatía entre la comunidad de espectadores y eso se traduciría en más actos benéficos. Otra era volverse inventora, sus ideas incluían: una máquina para retroceder cinco segundos en el pasado, así si alguien se le olvidara algo, o hacía algún comentario tonto, podrían rebobinar al pasado, pero sólo cinco segundos; un aparato electrónico donde una novela de trescientas páginas se pudiera leer en diez minutos, consistía en un especie de casco conectado al sistema nervioso que funcionaba como sifón que bajaba toda la información del libro a rápida velocidad; una máquina traductora para poder comunicar con ciertos animales e insectos.

Aunque no solía hablar mucho de sí mismo, Daniel le contó de sus andanzas desde que se graduó. Le habló de los viajes que hizo desde la Ciudad de México: la semana que pasó en Palenque, en la selva de Chiapas, para luego subir a la selva Lacandona cerca de San Cristóbal de las Casas; los cuatro días que estuvo en Veracruz; un viaje a Oaxaca para investigar la posibilidad de estudiar en un taller de pintura; su viaje por Polonia en busca de un trabajo que no salió; caminar por las calles del barrio de Moda en Estambul, donde alquiló una habitación en un apartamento encima de un pequeño supermercado. También le habló de cuando vivió en Santa Barbara en el camper de Chicano Art.

Vivíamos él, yo y su perro the Brain…

—The Brain? Why? —preguntó.

Porque según Art, cada noche el perro soñaba con conquistar el mundo.

Después alquiló un cuarto en una casa. Aguantó poco. Le dieron ganas de seguir el camino.[13] Y se fue a México. Regresó porque Chicano Art lo invitó a vivir con él en el camping en Winterhaven. Una semana después, Art se volvió loco en

---

13 Cuando me canso de estar en casa, salgo a caminar. Los que me trajeron aquí, Ellos, me llevaron a un desierto. Suelo salir por la mañana y tomo uno de los senderos que hay afuera de la casa de adobe. Camino por entre los magueyes, las chollas, los ocotillos. Durante una de las primeras veces que hice esto, encontré varios objetos aventados por el desierto. Cepillos de dientes, tazas de porcelana, animals de peluche. Al principio pensé que había otras personas en este lugar y empecé a buscar señales de vida. No encontré nada. Empecé a pensar en esos objetos que migrantes dejaban en el camino cuando cruzaban de México a Estados Unidos. Objetos que para uno tal vez no significaban nada, pero para uno en camino de un país a otro, podría representar algo: un lazo con familia, un recuerdo de un momento, algo que tuvieron que dejar. Esos objetos marcaban una presencia ya ausente.

Algodones y le empezó a decir que ya entendía todo. Qué ya sabía que era lo que tenía que hacer. Necesitaba buscar un Yaquí. Su propio chamán, su don Juan personal. Su tata Casehua. Su quéséyo. Y se fue en un visionquest. Se quedó esperándolo todo el día en un bar cerca de la línea en Algodones. Pero no volvió el cabrón. Y semanas después, todavía no había vuelto y ahora aquí lo tenía como el velador nocturno de su camping.

Autumn tenía una risa que le recordaba a una cascada de agua.

What was he looking for? —preguntó.

Qué sé yo, supongo que buscaba lo de todos.

And that is?

Pues, le contestó, What are you looking for?

No sé. A place in the world, maybe. ¿Y tú? ¿Qué buscas en todos estos viajes?

Quizá lo mismo.

Ella le confesó muchas cosas. Su desconcierto antes de quedarse dormida: tenía miedo de que no despertaría. Su temor a las llamadas telefónicas que llegaban a medianoche. Siempre traen malas noticias, le dijo. Su duda en tomar cualquier decisión por miedo a quedarse limitada. Daniel la escuchaba. Así lo prefería y siempre se llevaba bien con sus amigas por eso. Esto funcionaba para sus amistades, pero siempre fallaba en sus relaciones donde su pareja siempre esperaba que también correspondiera.

Recordar a Autumn le hizo pensar en Melina. La chica a quien le prometió la luna y las estrellas. La princesa del barrio Logan de San Diego. Su ruca, Su aquimequedo, Su beibi, Su lugarenelmundo.

Su guión.

Su punto.

Su punto y aparte.

Llegaron a New York un día de agosto en 1999. Condujeron por todo el país en un road trip cuyo destino les prometía un final feliz Made in Hollywood. Al llegar al puente George Washington, se quedaron atónitos ante las torres de Manhattan.

Es verdad, le dijo, Manhattan es como en sus películas. Igualito.

Las calles llenas de taxis amarillos conduciendo a mil por hora. Las aglomeraciones de personas caminando rápido por las aceras. Pronto llegaron a distinguir a los turistas de los locales. Los primeros caminaban lento, se maravillan con los edificios, miraban mucho arriba, apuntaban. Algunos intentaban ocultar su identidad de turista. Pero nunca podían. Los locales caminaban a paso galopante. Miraban fijamente hacia el frente, hacia su destino, para poder esquivar los grupos de turistas.

Sólo faltaba la música de Gershwin al fondo, como en Manhattan de Woody Allen.

Se acordó del primer apartamento que alquilaron en el Upper Westside. Era demasiado cerca de Columbia University para los gustos de Melina que ya tenía ganas de vivir la vida real y no la burbuja de ser estudiante.

Daniel sí quería ese ambiente. Quería el ambiente de cafés, de librerías, de restaurantes baratos. Quería vivir o allí cerca de Columbia o en Greenwich Village, cerca de NYU. Al final se quedaron con el Upper Westside porque le quedaba más cerca del college en el Bronx donde consiguió trabajo de archivista en su colección de manuscritos medievales. Y la verdad es que a Melina le gustaba también. Le gustaba la idea de vivir en un barrio medio-estudiantil y artsy. Sentía que le daba un edge en el trabajo, que le daba un aire de chica alivianada.

Al principio les encantó. Era como vivir en una película. Los edificios altos, las cenas en pequeños restaurantes locales, las caminadas por las tardes. Melina estaba como en su ambiente. Trabajaba como high powered lawyer en Wall Street. A los pocos meses de entrar al bufete tuvo un ascenso de puesto. Se integraba perfectamente a la vida Nuyorka.

Pero Daniel nunca se sintió completamente a gusto en New York. No llegaba a creerse parte de esa ciudad; nunca se sintió Nuyorka. Era un escenario de peli, no era una vida real. Le propuso a Melina que se fueran a vivir a Brooklyn, a Williamsburg que en esa época empezaba a llenarse de artistas. Pero no quiso. Quería quedarse en Manhattan. Si se fueran a Brooklyn, a lo más que iría sería Park Slope con sus brownstones y sus jardines. Williamsburg era demasiado grunge para ella. Quería artsy, pero no tan artsy. Se quedaron en Manhattan: fueron a un apartamento más grande. En el Upper East Side. Cerca de Central Park.

Trabajaba más horas, incluso tuvo que hacer viajes de trabajo. A veces Los Angeles, a veces San Francisco, a veces Chicago, a veces Londres. Paseaba por las ciudades grandes, las ciudades globales del primer mundo. Fue en esa época en que Daniel empezó a viajar también. Le invitaban a pequeñas exposiciones, a congresos, a presentaciones en museos. Cuando volvía a casa se alegraba al ver los edificios de Manhattan, no por la ciudad, sino porque sabía que pronto vería a Melina. Se iría al apartamento y la encontraría dormida o acostada frente a la tele con sus papeles de trabajo. Algunas veces llegaba a una casa vacía porque ella también estaba de viaje. Otras veces se encontraban en los viajes. Una vez les tocó tomar algo en el Continental President's Club de la terminal C en Newark. Ella se iba a Paris, a él le tocaba un congreso en San Francisco. Otra vez se encontraron en Roma. Ella venía desde Bruselas; Daniel de una reunión de museógrafos en el Museu Nazionale de Castel Sant'Angelo.

Sus encuentros en otras ciudades siempre fueron placenteros. Era como reencontrarse de nuevo. Se imaginaban otra vida. Todo cambió al regresar a New York y ver cómo quedó la ciudad. Volver a casa no era una alegría para Daniel. Las conversaciones se volvieron más cortas. Las pocas cenas que tuvieron juntos en casa eran traumáticas. Todo lo que no se decían se quedó dentro de sus cuerpos. Daniel empezó a tener fuertes dolores de estómago.

Y su sentimiento de no ser Nuyorka aumentó. No era su ciudad. No era su casa. Su cama no era suya.

This is not my beautiful place. Se repetía varias veces al día.

CALIFORNIANO

Al despegar de JFK esa mañana, aunque estaba sentado en la ventanilla, no miró para afuera. No quiso mirar la ciudad. La dejaba atrás. Cerró los ojos y se puso sus audífonos. Escuchaba una canción de Nick Drake, "Place to Be." Y se quedó dormido.

Cuando despertó sobrevolaba el Midwest. Miraba desde 35 mil pies de altura el paisaje plano, las plantaciones cultivadas en cuadras. Se acordó de una conversación con Carmen. Le preguntaba por sus viajes por los Estados Unidos y si llegó alguna vez a conocer el Midwest. En particular, quería saber si alguna vez pasó por Oh, Maja.

¿Dónde? Le preguntó.

Oh. Maja. Así se llama, ¿no?

Oh. ¿Maja? ¡Oh! ¡Quieres decir Omaha! Omaha, Nebraska.

Whatever, contestó. Ese lugar. ¿Lo conoces?

No lo conocía. Pero sí había pasado por Des Moines, que quedaba un par de horas al este de Omaha. Carmen no estaba tan interesada en Des Moines. A ella le interesaba Omaha. Le parecía un nombre tan raro. Lo imaginaba como algún lugar exótico. Le dijo si algún día le tocara ir a los Iunaited Estaits, ella iría a Oh Maja, para ver qué tal. Para Daniel, el nombre le hacía pensar en Wild Kingdom, un programa que veía de niño dedicado a animales silvestres y que fue patrocinada por Mutual of Omaha.

Allí en el vuelo, Daniel pensó en el viaje que hizo con Autumn para visitar a sus padres en Minneapolis. Pararon en un rest stop cerca de Des Moines para descansar después de veinticuatro horas de conducir desde Winterhaven. En un momento del viaje pensaron quedarse en Kansas City, pero después de veintidós horas de camino todavía se sentían bien. El plan era turnarse al volante cada seis horas. Como a Daniel no le molestaba conducir de noche, le tocó manejar a partir de las nueve desde Amarillo, Texas. Pasaron por las ciudades de Oklahoma City y Wichita por la madrugada.

De noche las ciudades del llano se parecen. Todo estaba oscuro bajo un cielo repleto de estrellas y de repente en la distancia, se veían las luces de una ciudad. Todo el espectáculo del nightworld. Paró en varios truck stops en la llanura para poner gasolina y comprar café y chocolate. La madre de Daniel, cuando conducía de noche, comía pepitas para mantenerse despierta. Mientras Autumn dormía, escuchaba mezclas de música en cassettes o la radio. Cambiaba de estaciones de música country, de Tex-Mex que llegaban desde el sur de Texas, programas sobre ovnis y conspiraciones políticas: todo el mundo nocturno que venía a través de las interferencias de la radio, voces e idiomas, anuncios, noticieros, cantos de amor, pasión y perdición. Llegaron a Kansas City a las seis de la mañana. Para no despertar a Autumn, siguió conduciendo hasta Des Moines, tomando café, comiendo chocolate y escuchando música.

Una mano en el volante y la otra sobre el muslo de Autumn. Navegando por el nightworld. America at night en toda su gloria.

Sentado en el truckstop de Dunnigan. Daniel se dio cuenta de que realmente era un californiano. Estaba en su ambiente. Estaba con su gente. Soy de Califas, ése, decía cuando le preguntaban de dónde era. Pero tampoco sabía qué quería decir eso: Californiano. Sus padres cruzaron la frontera antes de que naciera y eso les condenó a él y a su familia a ser nómadas entre México y los Estados Unidos: los sentenció siempre a sentir el deseo por otro lugar. Pero no eran los únicos. Todos los mexicanos que conocía eran igual: o cruzaron ellos, o cruzaron sus padres o sus abuelos. Vivían las consecuencias de la migración. Y eso los marcó. Creó una separación de los otros. Califas es un estado largo, pero no muy ancho. Está separado del resto del país por la cordillera del Pacífico. En algún momento se pensaba que era isla. El estado mismo parecía condicionar a sus ciudadanos a pensar en rutas en vez de raíces. Quizá por eso nunca se sintió a gusto con quedarse en un lugar. Desde que tenía dieciocho años empezó a viajar, a rolar por el mundo. Un rolling stone. Persiguiendo una estrella perdida, como le dijo su abuela en Fresnillo. Una estrella perdida. Una estrella distante. Una estrella que no dejaba sombra. Una estrella entre tantas otras en las noches a la deriva del continente.

Soy de Califas, se dijo. Pero todavía se sentía algo desenfocado.

Out of place. Lost in space.[14]

---

14 Al principio, me preguntaba por qué me habían traído a este lugar. A veces llegaban Ellos para visitarme. Cuando me hablaban sonaban a murmullos. Nunca me dijeron por qué estaba aquí. Suponía que estaba en otro planeta y me llevaron —¿seré víctima de abducción alienígena?— para hacerme pruebas. Tal vez me expondrían en un museo. Pero no recuerdo que me hayan hecho exámenes o cosas por el estilo. Me dejaban en paz. Fue cuando encontré en uno de mis paseos por el desierto una cámara que empecé a imaginar por qué estaba allí. La cámara era una Polaroid SX-70 negra. Igualita a la que tenía cuando vivía en Albuquerque. Cuando ya no podía conseguir película, la tiré a la basura. Cuando la encontré, noté que era similar a la que tenía. Al inspeccionarla me di cuenta de que también tenía unas marcas en el mismo lugar que la mía. No pude creer que era la misma cámara. Luego me di cuenta de que cada objeto que encontraba tenía algo que me había pertenecido. Vivía en el planeta de mis objetos perdidos.

LA CHICA BANDA

Conocí a Carmen en una fiesta por Huertas. Llegué con mi cuate Edmundo, Migrant Ed le decíamos por el hecho de que siempre estaba en camino. La tarde comenzó en una terraza en La Latina para tomar unas cervezas — cañas, me dijo Migrant Ed. What? Le pregunté. ¿Así le llaman a las chelas?— y de allí nos fuimos de marcha hacia Lavapiés donde tomamos más chelas en un bar que antes fue peluquería. Se unieron otros cuates de Ed y nos quedamos hasta que alguien nos avisó de una fiesta en Huertas.

Cuando llegamos, en el estéreo tocaban algo de los Talking Heads, "I'm Not in Love." La tensión nerviosa del joven David Byrne parecía impregnar a los que estaban en la fiesta. Y cuando siguieron esa rola con "Roadrunner," de los Modern Lovers, supe que había caído en la fiesta perfecta.

El apartamento era grande. Caminaba de cuarto en cuarto y me encontraba con los siguientes grupos de personas:

En la sala. Los que vinieron a bailar. También allí estaban los que vinieron a mirar.

En el comedor. Los que llegaron para hablar. Escuchaban música de lounge, mezclado con rolas de Esquivel, fumaban cigarrillos y miraban hacia el techo.

En una habitación. Los que llegaron para drogarse. Fumaban de una pipa de agua grande que me recordaba a las que veía en los cafés turcos en Estambul.

En otra habitación con la puerta cerrada. Los que llegaron para hacer sneaky things.

En la cocina. Los que vinieron para emborracharse.

Llevaban camisetas de rayas, vaqueros Levi's y zapatillas Converse. Estaban parados alrededor de la hielera y el refri. Algunos estaban en una terraza.

Me sorprendió la casi ausencia de muebles, hasta que alguien me dijo que se los habían llevado a otro apartamento.

Me quedé en la sala, al lado del comedor para mirar a la gente bailar. Y allí la vi a Carmen. Pasó por la puerta de la cocina, botella de cerveza en mano. Llevaba jeans y una camiseta de los Tubes. Lo primero que noté fueron sus huaraches, obviamente Hechas en México. De suela gruesa, de llanta. Tenía el corte de pelo estilo paje. Llevaba un peinado con un clip verde que contrastaba con su pelo negro negro que tenía. Sus gafas haciendo juego. Siempre me habían encantado las chicas con gafas. Era la perfecta Indie chick, como las que conocí en mis dj days en Chico. La miré circular por el salón, hablar con gente, sonreír — tenía una sonrisa espectacular— dar besos a los amigos, pasear entre el grupillo que bailaba una rola de the Cure y pararse al lado de una ventana que daba a la calle para hablar con una chica.

De lo que no me di cuenta es que mientras ella rodeaba el salón, también me estaba checando. Cuando llegó a la ventana, estaba casi frente a mí. Y baboso que soy, al acercarse le di la espalda y empecé a hablar con una chica de vestido tipo años '60: corta, de cuadras, naranja, morado y rosa. Llevaba sandalias de tacón. Una mirada vacía. Me aburría un chingo.

A los diez minutos, Migrant Ed llegó para presentarme a Carmen.

FOTOS Y RECUERDOS

Daniel en el coche hacia el norte de California. Atrás quedaba San Francisco. Atrás quedaba New York City. Ahora estaba rumbo a Hamilton City, California, donde vivían sus padres. Un pueblo pequeño entre Orland, sobre la Interstate 5 y Chico, unas 10 millas al este. El norte de California, en el valle central, con pueblos como Williams, Maxwell, Orland, Red Bluff, Hamilton City, Gridley, Oroville. Pueblos de agricultores, rodeados por campos de arroz, huertos de naranja, de aceitunas, de durazno, de almendras y de nueces. Big valley, valle central. Un llano grande, perfecto para la agricultura.[15] Después de salir del Beacon truck stop, prefirió no ir directamente a Hamilton sino a casa de su amiga Martina en Chico. Podría salir de la autopista en Williams, irse hacia Colusa y después bajar por los huertos al lado del Sacramento River hasta pasar Princeton. Cruzar el río en Ord Bend. Evitaría Hamilton e iría directamente a quedarse con los amigos que todavía vivían por allá. Aunque sabía que la zona era pequeña y a su madre le llegaría la noticia de que su hijo andaba paseando por las calles de Chico.

En Dunnigan, pudo entrevistar a la cajera joven. Se llamaba Mariluz. Hija de inmigrantes salvadoreños que llegaron en los ochentas —huyeron, como miles de otras familias, de las guerras que azotaban la región— primero a

---

15 De niño me gustaba mucho ese paisaje. Por las mañanas solía ir a ver cómo todo se empezaba a iluminar y en la distancia veía cómo aparecía la montaña de Shasta cubierta de nieve todo el año. En un viaje a las cavernas cerca de la montaña, Verónica me regaló un imán de la montaña que compró en una tienda donde paramos. Por años tuve ese imán en mi escritorio, junto a una foto de nosotros abrazados frente al lago de Shasta. Encontré un imán similar en un cajón. Lo dejé allí y lo cubrí con unos papeles que encontré.

San Francisco y luego a Williams en el valle central. No le gustaba mucho el pueblo, prefería San Francisco, pero ya a finales de los '90 la ciudad se volvió demasiado cara. Empezó a trabajar en la gasolinera cuando terminó la secundaria. Le parecía bien el trabajo, pero no le gustaba porque tenía que conducir tanto. De la gasolinera a su casa eran unas veinte millas, pero le pagaban bien. Estaba ahorrando dinero para poder ir a la universidad. Quería estudiar ingeniería química. Daniel le preguntó si ya sabía donde quería estudiar. Le contestó que le gustaba la idea de irse al sur de California, pero no quería estar tan lejos de la familia.

Uno no debe vivir tan separado de donde están sus viejos, le dijo.

Daniel rumió sobre sus palabras en el camino a casa. El pasado siempre pesa sobre uno. Por eso se llama el pasado. "My arms and my legs are filled with torpid memories," como decía Proust, según su maestro de historia en la secundaria. Al acercarse a Williams, debatió entre tomar el atajo a Hamilton por los huertos o hacer el long way home; irse hasta Orland y subir por la route 32 East a casa de su madre.

Pasó por campos de agricultura. Arroz. Trigo. Pocos árboles. Todo amarillo: quemado por el sol. A su derecha: la cordillera de la Sierra Nevada. A su izquierda: la cordillera que dividía el valle central de la costa. Ante él, la Interstate 5, autopista que iba desde la frontera con México hasta la frontera con Canadá.[16]

---

16 Aquí se hablará de caminos. A veces de las autopistas modernas —las Interstates— que fueron construidas por orden presidencial, firmado por Eisenhower en 1956. Interstates que no solo conectaron las costas del país sino también dividieron las comunidades mexicoamericanas en los barrios urbanos. También se hablará de las antiguas rutas que atravesaban el país, las rutas 66, la 99, la 80. Otras cosas de las que se hablará también: de gente que no conoce el arraigo, de migrantes y nómadas, de chavas y chavos, de vaqueros y escribanos.

Pensó en esto: los viajes siempre empiezan con la incertidumbre.

Y luego: me hubiera encantado que mi hijo conociera esa ruta.

Antes de que le llegara la tristeza, se enfocó en el camino.

En Williams, decidió continuar hasta Orland. Tomaría la ruta larga a casa. Sus padres no lo culparán. Habrían hecho lo mismo. La 5 hasta la 32 y de allí unos diez millas a Hamilton City. Podrá ver cómo había cambiado Orland, el pueblo donde creció y donde todavía vivían dos de sus tíos. Boreland, como lo llamaba una de sus primas. Población de seis mil. Muchos de ellos mexicanos. Se acordó de las veces que iba a fiestas en los ranchos. Corría con los primos y los amigos por entre los huertos de olivos o de naranja. La música norteña que salía de los altavoces sacadas al patio. El aire fresco del atardecer. Y después de comer: sentarse en un círculo con los amigos y contar historias de fantasmas o leer comics. Batman, Spider-Man, Green Lantern: superhéroes dañados.

Su madre no estaba en casa. Había una nota sobre la mesa del comedor. Se fue a Chico con su comadre, la señora Vásquez. Daniel sabía que tenía un par de horas antes de que regresara. Dudó entre salir a buscar a su padre o quedarse en la casa. Jugar quizá un videogame en MAME: Asteroids, maybe. Decidió guardar unas cosas en el armario.

Miró las fotos de sus hermanos y él sobre el armario. Las típicas para avergonzar a uno cuando llegaban las novias. Una foto donde acababa de contarle un chiste a Amelia Rivera, la primera chica que besó. Ella con sus trenzas largas y la boca abierta en una risa. Fue en una fiesta en la granja de don

Salomón. Detrás de Daniel y Amelia estaba el mayor de los Castañeda tocando su guitarra. La raza mexicana le pedía las típicas canciones norteñas o rancheras: ahora algo de José Alfredo; ahora algo de Los Cadetes de Linares; ahora algo de Los Relámpagos del Norte; ahora algo de Los Pingüinos del Norte; ahora algo de Flaco Jiménez; ahora algo del Piporro. "Idos de la mente", "La enorme distancia", "Ven a buscarme", "La que se fue", "Tú y las nubes", "Tú tuviste la culpa", "Caminar, Caminar", "Mexico Americano", "Un mojado sin licencia", "Chulas fronteras". Cada vez que el mayor intentaba algo que no fuera norteño, "Brown Eyed Children of the Sun", "Barrio viejo", "Black Magic Woman", alguien le insistía que cambiara de canal, que no estaban en el barrio y que allí lo que rifaba era la música norteña. Daniel se acordó de que en esa fiesta también andaban Lalo y su hermano Todd. Este último todavía en fase de nerd de cómic. Era tímido con las chicas, siempre se escondía detrás de unas gafas gigantescas y su pelo largo. En unos años se iría a Cornell donde regresaría ya no como nerd sino como cholo, con el look de gangbanger del sur de California. También estaba la Lupe, otra chica de la banda. Amiga de Lalo, terminaría convirtiéndose en Shy Girl, una chola flaca en camisetas de tirantes y pantalones negros demasiado grandes. También acabaría como la novia del Todd. Pero eso sería en el futuro. En el presente de la foto, estaban todos en una fiesta de granja, con el soundtrack de música norteña a cargo del mayor de los Castañeda.

Otras fotos. Los hermanos en el campo parados al lado de un chivo y un burro. Sonrientes en su ropa de farmer. Él con sombrero de paja. Su hermana Maribel sentada en un sofá con su cabello en chongo y unos calcetines rojos. Daniel en su foto del cuarto grado. Llevaba una camisa tipo early seventies, blanca con rayas azul y café —se ruborizó cuando se dio cuenta de que tenía empacada una casi igual en su maleta—frente a un trasfondo kitsch, un bosque otoñal.[17] Como si soliera irse al bosque en manga larga. En la pared su madre había colgado una pequeña acuarela que pintó cuando estaba en el primer grado. Unos girasoles con un fondo azul, límpido. Salió premiado en una feria y luego su madre la mandó enmarcar. Se acordó de que estuvo colgado en la sala por años, hasta que él le dijo que ya no quería ver esa pintura. Parece que se le había olvidado.

Llamó a Martina, para decirle que estaba en Hamilton. Inmediatamente ella le dijo que se quedaría con ella en Chico. Miraba por la ventana a un campo vacío. En la distancia unas palmeras. Pensó en el aire de abandono que tenía Hamilton City. Un pueblo mayormente mexicano donde antes los trabajos estaban o en los huertos o en la procesadora de azúcar, Holly Sugar. Pensó en cómo su madre parecía conocer a toda la comunidad mexicana desde Chico, Hamilton City, Orland y Red Bluff. Familias como los Castañeda, los Curiel, los Ordaz, los Martínez, los Vaquera.

Le contestó a Martina que tenía que estar con su jefa por lo menos tres días. Tenía también que ir a ver a su jefe. Ok, le dijo, no problem. Pero luego te vienes a Chico, ¿ok?

Miró la pintura y le prometió que iría a Chico en cuatro días.

---

17 Todos tenemos esa foto embarazosa. En mi caso, fue tomada en mi época de roquero. Jeans ajustados, camiseta negra, chamarra de cuero, el cabello incrustado con brillantina. Un look entre James Dean y Marlon Brando. Pero en barato. Un chico Chicano que buscaba un look. Cuando mi chica, Vero, vio esa foto, insistió en enmarcarlo y la puso en su escritorio.

Dos días después, se presentó en el apartamento de Martina. Ya no podía más con los jefes, le explicó.

Martina sonrió.

Qué tonto eres, le dijo con la mirada y lo tomó de la mano.

Más tarde, cuando se preparaban para salir, Martina le dijo que no iba a preguntarle nada. Mira, Danny boy, pretenderemos que tu regreso aquí es para revivir tu misspent youth. ¿Sabes? Y para eso, no quiero saber de tu presente.

Martina, mi dearest. Le contestó. Por eso tú eres la que más quiero en este wide world of wonder.

Ay, cariño. ¡Cómo mientes! Nunca se te quitará eso, ¿verdad? Y ya tienes más de 40 años. Y seguro que Melina no sabe que estás aquí conmigo. Seguro que lo único que sabe de ti es que no tienes sentimientos.

Martina, me conoces más que yo mismo. Y se puso una mano sobre el corazón.

Nope. Not true. Nadie te conoce, Mr. D.

VIVA TIRADO

Martina, Nuestra Señora de Lágrimas. Así la apodamos mi compa el Gus y yo. Our Lady of Tears. Cómo nos salvaba esa chava de nuestras babosadas.

Ella me rescató cuando se daba cuenta que me volvía pendejo por una chava. Con lo de Julieta, por ejemplo. Hasta México se fue a buscarme. Eso sí fue una caída gruesa.

Nunca pude entender por qué siempre me salvaba. O por qué siguió siendo mi amiga después de las cabronadas que le hacía. Pensé preguntarle, pero ya sabía lo que me iba a contestar, que dejara de ser tan pendejo.

Y eso era lo que más me gustaba de ella, tan malhablada. Y tan formidable.

Parece que ya sabía que le iba a caer antes de cuatro días. Ya tenía plan para nosotros. Primero iríamos a una fiesta en una casa y de allí pasaríamos a Duffy's y terminaríamos la noche en Jack's. Básicamente, haríamos el recorrido que hacíamos a finales de los ochentas.

La conocí ese verano que trabajé impartiendo clases de pintura a hijos de padres migrantes. Martina era una de las consejeras. Durante el programa casi nunca hablamos. Era un gran nerd y me ponía nervioso estar al lado de chavas. Creo que daba aire de desesperación. Me sudaban las manos, tartamudeaba, solo podía hablar de cómics y de ciencia ficción. Era todo un desastre. Así que para no entrar en problemas, me encerré en mi propio ser. Martina me ayudó con eso. Me empezó a hablar, me trató como humano y al final del verano podía formar por lo menos una oración sin parecer lunático.

Cuando fue a buscarme a México en el '89, todavía estaba en Survivor Mode. Vivía en una profunda depresión. Parecías una casa espantada, me dijo cuando empecé a volver a la realidad. Todo te daba miedo. Corté a todos mis amigos y me fui sin avisar a nadie. No sé cómo, pero ella me localizó. Pasamos dos meses encerrados en mi apartamento hasta que comencé a responder. Para celebrar, nos fuimos a Veracruz. Después decidimos hacer un viaje por el sur de México. Salimos de la Ciudad de México en un autobús rumbo a Villahermosa, Tabasco. Dos semanas más tarde, luego de pasar por Palenque, Mérida —con visitas a las ciudades Mayas de Uxmal y Chichén-Itzá— y Playa del Carmen, bajamos de un trasbordador en Isla Mujeres. Pasamos cuatro días caminando las calles del pueblo, montando bicicletas y nadando en el mar. Cuando regresamos a Califas, todos estaban convencidos de que nos íbamos a casar. Incluso llegamos a sorprender amigos cuando de repente ella me decía algo como, "No lo sé cariño, este sitio no será muy bueno para los kids". Y yo, con toda naturalidad, le contestaba, "Pues sí mi vida, ya ves, hay que conocer sitios sin los escuincles".

En camino a la fiesta, Martina cantó una rola cuyas letras solo ella sabía. Estábamos tomados de la mano. Le hablé de Carmen. No sé, intenté explicarle, cuando la vi me sentía como antes cuando la encontraba. Nervioso.

Me puso un dedo sobre los labios para callarme.

Pensé en ella, mi estimada Carmen. La chava de los ojos oceánicos. La chava de la risa de verano. Vivía en un piso grande en la calle Sagunto, cerca de una tienda de loros. Su ventana daba a la calle y me decía que a veces oía a los loros. Acostados sobre su cama, me habló de sus imágenes del día: cosas como una carta de un restaurante Mexicano en Alicante donde tenían hamburguesas; un vendedor ambulante vendiendo libros sobre cómo empezar una empresa; una señora mayor sentada frente a un cartel para Wonderbra. Imágenes que le hacían pensar. En su imeil me habló de algunas que había visto en San Francisco: un restaurante italiano al lado de un bar mexicano frente a un cine Chino; un perrito saltando dentro de un coche parado en un semáforo mientras los dueños se portaban como si nada, totalmente tiesos, casi como maniquíes.

No pasamos mucho tiempo en la fiesta en Chico porque había demasiada gente joven. Había corrido el rumor de que una banda local iba a hacer una tocada en la casa y se llenó el lugar. Nos fuimos a Duffy's Tavern maldiciendo a las nuevas juventudes. Acabamos en carcajadas porque nosotros hacíamos lo mismo. Mientras caminábamos, me habló de su novio.

Somos cuates, me recordó, podemos hablar de esto.

El novio confiaba en Martina ya que no le dijo nada cuando supo que yo me quedaba en su apartamento. Claro, se va a quedar en el sofá, ella le explicó.

¿Tanta confianza te tiene tu bato?

Claro, mi amor. Me tomó de la mano. Tú y yo somos cuates.

Le miré los dedos. Nuestra Señora de Lágrimas.

Este es el guy, me dijo, este es el guy. Y me miró. Y en su mirada, ya lo sabía. Ese es el guy, el que se quedará con Martina.

It's the couch for me. Contesté.

En Duffy's encontramos una mesa junto a la ventana. Cerca de nosotros vi que estaba una ex-novia, Diana Destroyer. Martina me vio mirándola y me dio una patada, Ni te atrevas, cabrón. Ya no te salvo de otra chava.

Me reí y para cambiar de tema le conté de mi chamba en New York. Soy el asistente principal en un archivo de manuscritos medievales. La mayoría fueron donados al college por una familia que decidió distribuir su extensa colección de arte a varias instituciones en New York City. Mi jefe, el Senior Archivist, se ha dedicado a ampliar la colección y a mí me toca armar el catálogo y también asistir en la conservación de los manuscritos. El Senior Archivist tampoco le gusta viajar y por eso soy yo que casi siempre sale para dar presentaciones o inspeccionar algún manuscrito que tal vez podríamos añadir al archivo.

¿Y eso te interesa? Me preguntó Martina.

Le contesté que sí, podría sonar un poco aburrido, aunque para mí no lo era. Algunos de los tomos que teníamos eran compilaciones de varios textos organizados por temas. Por ejemplo, la medicina árabe, bestiarios o comentarios religiosos. Me gustan esos textos armados de fragmentos, son como ejercicios de reescritura. Muchos de los manuscritos tienen ilustraciones impresionantes. En nuestro archivo tenemos varios ejemplos del Corán, ilustrados con diseños intrincados y una caligrafía bellísima. Lo que me gusta más a mí, son los comentarios y garabatos que algunos copistas ponían en los márgenes de los libros.

Los márgenes. Siempre te han gustado los margins. Me dijo con una sonrisa.

¡Claro! Siempre se ven las cosas más interesantes allí!

Y tú que nunca te gusta escribir en los márgenes de tus libros. True, true. You got me there.

Más tarde llegó un chico que conocía a Martina y mientras ella se fue a pedir otra jarra, él me preguntó por qué me había ido de Chico.

¿No sabes qué aquí tienes todo? Mírame a mí. Puedo despertarme tarde, get high después del desayuno, tocar mi guitarra todo el día y hacer lo que me da la chingada gana. You know?

El bato se llamaba Juan Manuel. Juan Manuel Martínez. Me dijo que su familia era de Corning. ¿Eres de los Martínez de Corning? Le pregunté. ¿Cómo se llaman tus padres?

Resultó que los conocía, pero no a él. Era el menor de los hermanos Martínez. Mas bien conocía a su hermana mayor, Guadalupe Martínez, la Lupe. Pregunté por ella y me dijo que todavía vivía en Corning. Era peluquera, dueña de su propio negocio. Le iba bien. Me alegré y le dije a Juan Manuel que la saludara. Luego le pregunté qué hacía.

Estudiaba artes plásticas en la universidad. Era músico, tenía una banda de rock Chicano. Se llamaban Chicano Starlight. Tocamos las rolas clásicas, you know, me dijo. "Viva Tirado," "Black Magic Woman," "Low Rider," "La Bamba" "(Hey baby) Qué pasó." También algo de música norteña, pero en versión rock, "Chulas fronteras," "La nueva Zenaida," "Mi Texana." Es nuestra manera de conectarnos con una larga tradición musical, ¿sabes? También tenemos nuestras propias rolas. Algo para todos los gustos. Nos va bien, tenemos fans.

Le dije qué lástima que no me quedaba más tiempo, me hubiera gustado escucharlos.

Next time, bróder, next time.

TARJETA POSTAL: NIGHTHAWKS

En esta postal hay unos amigos sentados en un diner. Tres chicas y dos chicos. Las tres de la mañana. Las sillas son de plástico rojo. Las mesas de fórmica. Muy seventies, moderno. Hay un hombre parado en la ventanilla que divide el diner de la cocina. Mira al grupo de amigos. Una mesera toma el pedido a una pareja. La luz es amarillenta, con un toque casi de verde. La luz de los diners a las tres de la mañana: deforma todo. Es un eco a Hopper. En letras cursivas, verdes: "Siempre terminábamos la noche en Jack's".

Al final de la noche, Martina y tú fueron a Jack's para tomar café. Pediste también una tarta de manzana. Martina se rió de ti. En una cabina al lado de ustedes estaban dos amigos que acababan de regresar de una tocada de música. Intentabas escucharlos, para ver si conocías a alguien de la banda. En tus undergraduate days habías visto a muchos grupos y cuando salías con Destroyer conociste a varios músicos a través de su banda. Mientras mirabas todo, Martina te preguntó si te habías divertido. Afirmaste con la cabeza, pero ella pudo notar que no tenías la cabeza allí.

EL DIABLO EN EL BOSQUE

Martina puso la cabeza sobre el hombro de Daniel. Estaban de regreso de Jack's y caminaban por 5th street. Antes de llegar al mercado de 5th and Ivy, en la esquina de 5th y Ivy, se paró y le preguntó: ¿Por qué no nos quedamos un rato aquí como si fuéramos teenagers en busca de algo para hacer en un sabadito por la noche?

Daniel se sentó a su lado. Miró a las casas y a la calle, poca iluminada y rodeada de árboles. Se acordó de una tarde cuando Melina y él hicieron un recorrido por la región. Estaban en una fiesta en Chico cuando a ella se le ocurrió que le gustaría conocer un poco de la zona. Era su primera vez en Chico y todo le era tan distinto al paisaje sobre-urbanizando de San Diego. En el camino, Melina le pidió que le contara historias de fantasmas: todo ese paisaje rural le parecía un lugar embrujado.

Daniel decidió llevarla a Orland, hacia la Interstate 5. Al llegar al río Sacramento le contó del puente antiguo que cruzaba antes por allí, el Gianella bridge.[18] Le habló de algo que su madre le había contado. Una noche, sus padres y uno de sus tíos estaban de regreso de una fiesta en Orland. Cuando llegaron a los huertos antes del río, su madre contó que un caballo blanco salió por entre los

---

18 Era de hierro y giraba para dejar cruzar los barcos que navegaban el río. Demolieron el puente en 1987 y construyeron uno nuevo que no gira. Cuando Vero y yo recién empezábamos a salir, la llevé a conocer esa parte del estado. Cruzamos el puente y le dije que todavía me acordaba cómo giraba cuando pasaban los barcos. Nos paramos al lado del río y le dibujé en la tierra cómo era antes el puente. Vero tomó una foto del dibujo y cuando nos mudamos a la casita de Old Town Albuquerque, mandó imprimir la foto y la enmarcó para luego colgarla en el pasillo. Esa foto está aquí también.

árboles y empezó a correr al lado del coche. Antes de subir la cuesta al puente, el caballo volvió a entrar al huerto. Luego Daniel le contó que una noche, de regreso de una fiesta en Hamilton con sus hermanos, pensó en la imagen del caballo blanco. Era otoño y había niebla esa noche. Avanzaban lentamente. Cuando pasaron por el huerto no salió ningún animal. Al cruzar el puente, bajaron de uno de los pilares de hierro dos figuras blancas y corrieron frente al coche antes de desaparecer. Inmediatamente los hermanos se pusieron a discutir si vieron lo que vieron. Al cruzar el puente, Daniel giró y se volvió para ver si se topaban de nuevo con las figuras. No vieron a nadie. Melina se estremeció.

De Orland, Daniel tomó el Interstate camino al sur. En Maxwell, salió a un camino que los llevaba de nuevo al río. Contó de la noche en que su madre y su hermano regresaban de San Francisco. Era muy tarde cuando atajaron por ese camino, Maxwell road. De allí al Princeton road que pasaba al lado del río eran unas dieciocho millas. Al entrar a la Calle Maxwell, vieron por el retrovisor que otro coche tomó el camino. No pensaron mucho en aquello, aunque normalmente esos caminos son más bien solitarios. El coche de atrás avanzó rápidamente casi hasta alcanzarlos. De repente bajó velocidad, se alejó. Y de nuevo, avanzó rápidamente hasta casi alcanzarlos. Su mamá subía la velocidad pero el coche de atrás seguía demasiado de cerca hasta que de nuevo bajaba la velocidad. Lo perdieron en el puente de Princeton.

Era tarde mientras le contaba estas historias. Melina lo miraba con una mezcla de incredulidad y terror. No sabía si su novio le tomaba el pelo. En Maxwell road, Daniel le mostró la reserva de aves y los campos de trigo. Con el atardecer se veía el cielo con sus tintes de ocre; las montañas de la cordillera cambiaban de color, el trigo tomaba un color rojizo. Al pasar por Princeton, Daniel la llevó al transbordador que cruzaba el río. No era tan ancho, la verdad, pero antes que estuvieran los puentes, se necesitaba cruzar el río de alguna manera. Funcionaba con un cable que conectaba las dos orillas. Sólo tenía espacio para un coche. El transbordador de Princeton era uno de los últimos en esa parte del estado, aunque había un puente que cruzaba más arriba en Butte City. Cuando llegaron estaba a punto de cerrar, pero Daniel convenció al controlador que los dejara cruzar. Sentados en el coche, mientras cruzaban el río lentamente, Daniel le preguntó qué le parecía todo eso. Melina no sabía qué decir. Todo le parecía como fuera del tiempo: todo era tan de principios del siglo, aunque estuvieran a finales.

Daniel y Martina, sentados en una esquina como la pareja de jóvenes que fueron antes. Él miró a su rededor y se acordó del indie music label que un amigo había formado: Devil in the Woods. Con la densa oscuridad que los rodeaba, pudo imaginar que el nombre era una referencia a ese bosque. Imaginaba al diablo como una sombra avanzando por entre los árboles con ojos al futuro y quemando el pasado. Pensó de nuevo en el primer viaje que hizo Melina a esa parte del estado, en la tarde que pasaron conduciendo por los campos de arroz y de trigo, los huertos de durazno, de naranja y los olivares, antes de volver a los bosques de encinos de Chico.

Las pocas lámparas no podían cortar la oscuridad. No como en ciertas avenidas en New York. No. Aquí sólo eran lagunas de luz amarillenta entre un vacío. Pensó en las figuras que saltaron del puente, en el caballo blanco del huerto, en la sombra que avanzaba entre los árboles, y cortaba la conexión entre el pasado y el presente, cubriendo el pasado con una cortina de llamas.

LOST

To: Miss_Cuernavaca68@rocketmail.com
From: elpocho66@writeme.net
Subject: Lost

Mi tan estimada C, saludos y abrazos desde este punto de mi viaje: Chico, Califas. Mi casi hometown en el gran Central Valley.

Estoy visitando a unos cuates. Pero first, antes de llegar tuve que parar en el pueblito de Hamilton City, aldea que no merece el título de city. Son dos mil personas. ¿Qué lugar así se podría denominar city? En fin, ahora viven allí mis jefes. Tuve que ir a visitarlos, cada uno en su parte del rancho Hamilton. Es que están divorciados. Vivíamos en un pueblo cerca de aquí que se llama Orland y después del divorcio mi jefe se fue a vivir a Hamilton. Mi jefa se quedó con la casa (nosotros y esa casita fueron las únicas cosas que mi padre le concedió; fue menos un divorcio y más una guerra con armas biológicas). Lo gracioso, o lo irónico —no tanto— fue que después de que mis hermanos y yo nos habíamos salido de casa —para buscar nuestros caminos supongo— mi jefa vendió la propiedad y se fue a vivir a Hamilton. Papá vive cerca de la Holly Sugar, donde procesan azúcar, porque allí trabaja. Bueno, trabajaba. Holly Sugar ha cerrado. Mamá se quedó cerca del High School en el extremo opuesto del pueblo.

Mis jefes se odian y dividieron el pueblito entre ellos. Nunca firmaron un armisticio y se han quedado en una especie de guerra fría. Lo único que comparten es el downtown. Su pequeño DMZ, un centro de chiste que consiste en un mercado pequeño, una cantina y el correo. Su frontera es una calle. Mi jefe siempre está en la cantina. Claro, allí con los demás sin vergüenzas, dice mi moms. Mi jefa casi siempre está al otro lado de la calle, en el mercado, hablando con sus comadres. Claro, con ese clan de brujas, dice mi pops. A veces cuando los visito paso al mercado para saludar y estar un rato con mi jefa. Después cruzo la calle y entro al bar para tomarme una chela con mi jefe. Es un poco surreal el asunto. Nunca puedo quedarme mucho tiempo. En este viaje sabía que mi jefa iba a empezar a preguntarme sobre mi waifa. ¿Y qué le podría decir?

Así que me vine a Chico, a diez millas de Hamilton City. Me vine a Chico porque me dijeron que acá vivía... bueno ya sabes. Me estoy quedando con una amiga aquí.

Si mi waifa were to find out...

Salimos de party con unos compas en un barfly bar, Duffy's, después de ir a una fiesta en una casa que quedaba a unos bloques del downtown.

La casa resultó ser donde había visto otros grupos en los eighties cuando era estudiante. Así era la onda. Ir a fiestas en Victorian homes y escuchar grupos locales o los que caían por allí. Friends of friends. Tú sabes. En ese tiempo Chico tenía la idea que iba a ser el próximo Athens, Ga. Salieron muchos grupos con una onda medio REM, o una onda electro/punk; Tom Petty-Byrds-Jangle Pop o Residents-Negativland-Tape Loops y Screaming. Grupos como 28th Day, como Downsiders, como Vomit Launch. Grupos que vi en esa casa grande.

Trabajaba como dj en una estación de radio. Mis cuates chicanos no entendían por qué escuchaba esa música. Menos entendían por qué no le entraba a la onda ranchera o grupera, gente y bandas como Vicente Fernández, Jorge Negrete, los Humildes, los Diablos, los Pasteles Verdes, y claro, Los Bukis. Not for me. En esa época me gustaba más la indie music y el post punk, Let's Active, Guadalcanal Diary, My Dad is Dead, Big Black, Wire, Bauhaus.

Existía una vibra extraña en Chico in those years. No sé: Central Valley Cool. Música en vivo por todas partes. 28th Day tuvo éxito. Su disco llegó a ser reseñado hasta en una revista británica. El grupo se disolvió muy pronto, however. La cantante, Barbara Manning, siguió como solista. Buenísima.

El baterista empezó un independent record label, Devil in the Woods. El Diablo en el Bosque. Cool name, ¿no? Sacaban cassettes y a veces algún sencillo de las bandas locales. El guitarrista entró a Downsiders.

Y yo, allí. Siempre en alguna party, en algún bar, en alguna esquina. Antros como Juanita's, o Duffy's o Speedy's, rolando con la música y la vibra de Chico.

Downsiders pegaron mucho. Una noche los vi en la casa grande. Recuerdo que estaba en la sala y pasé al comedor donde estaba la banda. Apagaron las luces, prendieron sus amplificadores y el cantante alzó un libro. Somos Downsiders, dijo. Esta es nuestra historia. Empezaron a tocar.

Esta es nuestra historia.

Aparentemente,

D.

TAL COMO ÉRAMOS

Agotado, Daniel cerró el PowerBook y se tumbó al sofá. Pensó en su relación con Martina. Era algo inexplicable cómo llegaron a terminar así, amigos, luego sort of lovers y finalmente amigos.

Carmen le dijo una vez que era muy fácil enamorarse de alguien. Lo difícil era llegar a tener a un amigo íntimo más allá de la pasión. No la entendía cuando se lo dijo, y menos lo entendió cuando lo pensó después. Pero de alguna manera, tenía razón.

Acostado sobre el sofá, sabía que no habría problema si fuera a meterse a la cama junto a ella. Miraba hacia el techo y sabía que incluso ella lo estaría esperando. Aunque los dos sabían que no pasaría. Siempre había sido fiel a Melina. Sus amigos se burlaban. Una vez intentó argumentar que no podía ser infiel ya que su padre había sido mujeriego. Nadie lo aceptó como justificación.

Siguió concentrándose en el techo, pensando en cualquier otra cosa que no fuera la larga cabellera rizada de Martina. Antes le encantaba perderse en ella. Sabía que su puerta estaba entreabierta ya que nunca le había gustado cerrarla completamente. Una noche cuando estuvieron en su apartamento en la ciudad de México, antes de irse a dormir la vio con cara de terror. No quería que cerrara la puerta. Decía que se agobiaba.

JEANNIE'S DIARY

Gustavo vivía en Truckee, en la Sierra Nevada. No le gustaba tanto. Vino por un trabajo, conoció a una chica y allí terminó. Me preguntó cómo me fue en Chico. Cómo estaba Martina.

Le contesté que tenía un novio súper celoso, que ni se lo imaginaba. Los dos nos reímos a carcajadas. Estábamos sentados en una habitación de motel. Desde que su novia lo corrió vivía allí. Trabajaba en la recepción y a cambio le dejaban quedarse gratis en el motel. Estaba pensando largarse para San Francisco, regresar a la universidad. Hacer algo. No quería terminar como recepcionista en un motel en las afueras de Truckee.

Mucha gente bien weird anda por aquí, me dijo. Esto es mucho más freaky que los X-Files. I swear. Hay un dude que vive en el 134. Insiste que el aire de aquí está contaminado. Para abrir una puerta, se pone guantes de médico. No lo puedo mirar directamente y tengo que hablarle con una mano cubriéndome la boca. En la 126 hay una pareja que parece que vendió todo en Ohio y decidió mudarse al West. Lo único es que sólo llegaron hasta aquí. El coche que llevaban no daba para más. Y ahora se pasan el tiempo al lado de la piscina mirándose con odio o en la habitación gritando. Es más, bato. Se apellidan, Donner.[19]

---

19 De las tantas historias de migraciones a las tierras míticas de Califas, esta era la más espeluznante entre el grupillo del joven Daniel. En el invierno de 1846, varias familias —lideradas por George Donner— al intentar llegar a California, se quedaron atrapados por la nieve en la Sierra Nevada. Quince personas intentaron cruzar la sierra para llegar a Sutter's Fort —donde un par de años después se descubrirá oro y empezará la fiebre— y conseguir ayuda. De los quince que salieron para hacer la cruzada de 100 millas, llegaron siete. Los que murieron por el camino fueron comidos por los demás. Entre finales de febrero de 1847 y finales de abril,

No way.

Way, dude. La mera neta. Y creo que como los Donner no van a sobrevivir al pinche invierno. Es más, dudo que lleguen.

Escuchábamos una rola de Eels, "Jeannie's Diary."

La novia de Gus se llamaba Jeannie. Trabajaba como mesera en un diner del centro. Allí fue donde se conocieron. Fue una mañana de invierno cuando él entró a tomarse un café, desayunar caliente y evitar el frío. Acababa de salir de su trabajo de velador nocturno en un almacén. Pasaba las noches por pasillos poco iluminados con estantes altos llenos de artículos destinados a lugares lejos de allí. Jeannie lo atendió. Era de Truckee. Dos meses después de conocerla, Gus llegó al diner y le empezó a cantar "Jeannie's Diary."

Mi Lloyd Dobler, ella contestó.

¿Y qué haces ahora? ¿Just drive around?

Gus se paró a mirar por las persianas en caso de que llegara alguien. Pinche motel, se dijo. Me miró tirado sobre la cama. No le contesté. Miró a las botellas vacías encima del escritorio. La televisión pequeña encendida pero sin volumen. La música venía de mi iPod que llevaba conectado a unos speakers pequeños de Altec Lansing.

¿Melina? Me preguntó.

Allá en New York. Ya sabes. Viviendo la vida de rising abogada. Protegiendo a las empresas multinacionales para que los mercados puedan seguir avanzando to inifinity and beyond. You know.

¿Y sabe…?

---

cuatro expediciones salieron para salvar los que quedaron en los acampados. De las 87 personas que salieron originalmente de Missouri, 48 sobrevivieron.

No dije nada. Gus se sentó y me miró. Un par de losers es lo que decía su mirada.

Me senté para alcanzar mi cerveza.

Mira bróder, no me digas nada. Ya me lo digo yo todo, le contesté.

Para cambiar de tema, le expliqué que me habían dado una beca para un proyecto sobre raíces y rutas. Gus se quedó incrédulo.

You're shittin' me. Me estás jalando la pata, ¿verdad? ¿Y te dieron dinero para esto? Debería volverme a la uni.

No le dije nada de C.

Los dos nos quedamos sin decir nada.

Ni una palabra.

Par de bobos.

Nos conocimos en el Sears de Chico. Era la época en que flotaba de trabajo a trabajo en el pueblo: pasé una temporada como limpiador de oficinas y otra como cocinero en un Taco Bell. Lo único fijo que tenía era mi programa de radio. Pero no pagaba. Conseguía trabajos temporales con una agencia. Me cayó un trabajo de instalador de decoraciones navideñas en Sears. Dos semanas, quizá tres, me dijeron en la agencia.

Cuando Gus me preguntó qué hacía, le contesté: Just killing time.

Gus trabajaba en mantenimiento y nos conocimos cuando estaba arreglando un decorado navideño y escuché una voz que venía desde arriba. Gus, parado en una escalera, cambiaba una luz y me pidió una herramienta.

¿Qué tal con las decoraciones, Mr. Interior Designer?

Bien. Le contesté. Pero estaba pensando de qué manera podría darles un toque distinto.

Gus lo pensó unos segundos y luego me recomendó colgar tornillos entre las ramas del arbolito. Ya que estamos en la sección de autos, why not?

Cool. Pero también pensaba en carritos y unas trocas. Le dije.

Después de las dos semanas en Sears, conseguí mi dream job: trabajador en Tower Records. Me contrataron para decorar las vitrinas y luego empecé a trabajar en la caja. Gus y yo nos reuníamos los fines de semana para tomar cerveza, hablar de libros, de cine, de música y de programas de televisión. A veces se unían otros, Martina, Poncho, Jonathan, y Julieta con quien empezaba a salir. Nuestro sitio de reunión era Duffy's. Otras veces íbamos a ver algún concierto en el Burro Room o en una casa.

Gus y yo éramos casi como hermanos. Teníamos historias familiares similares. Estábamos unidos por el divorcio de los padres. Gus trabajaba en Sears porque no sabía qué más hacer y el trabajo le ayudaba a pasar unas horas, ganar dinero y tener las noches libres para ir al cine o al bar con los amigos. Eran las opciones de vida en esa ciudad universitaria pequeña. Sobrevivía como yo, killing time para el momento en que pudiera salir a comenzar algo.

Era tarde y le dije que tenía que seguir mi camino. Pero antes le pregunté si me podía pasar el código del wi-fi para poder revisar el imeil.

De vez en cuando llegan. Ellos. Vienen a visitarme aquí en esta casita en el desierto. Es de adobe y tiene una habitación, un baño, una sala, un comedor y una cocina pequeña. Cuando me trajeron, me preguntaron si me gustaba la casa. Me explicaron que lo construyeron a base de mis recuerdos. No les dije que nunca había vivido en una casa como aquella, pero luego me acordé que cuando tenía doce años, mi familia y yo vivimos en una similar por medio año. Fue después del divorcio de mis padres y la muerte de mi hermana. Mi papá le quitó todo a mi madre y nos dejó sin lugar para vivir. Mamá consiguió una casa de adobe en el desierto. Mis dos hermanas y ella durmieron en la habitación y yo dormía en la sala. Aunque teníamos muy poco, me acuerdo que me sentía feliz, una de las pocas veces que me sentí así cuando era adolescente. Esta es tu casa, me dijeron, al quitarme las vendas de los ojos. Tenía un sabor metálico en la boca y sentía que quería vomitar. Aquí vas a tener todo, me dijeron al llevarme por la casa y señalarme los muebles que parecían similares a los que tenía en distintas épocas de mi vida.

DESAPARECIDO

To: Miss_Cuernavaca68@rocketmail.com
From: elpocho66@writeme.net
Subject: Desaparecido

Greetings from the road, mi estimada dear Miss C. ¿Has escuchado a Manu Chao? No hay mejor disco que sirva como soundtrack cuando uno está rolando por el mundo. Acércate al monitor. Detrás de este mensaje se puede oír "Desaparecido." ¿La escuchas?

Te diré que he viajado por tantas ciudades, y que ahora estoy recorriendo el suroeste en un carro alquilado. Y te diré que este viaje tiene tres razones.

1) Me han invitado a exponer unos cuadros en Austin.

2) Recibí una beca para investigar una nueva serie de pinturas sobre raíces.

3) Estoy exiliado de mi cantón.

Y aquí voy, rolando por las autopistas. ¿Qué es lo que dice David Byrne en True Stories? "Freeways are the cathedrals of our time." Y yo aquí, en comunión, wandering in the desert. Gathering stories. Cosechando narraciones, confesiones, mentiras. Lo que venga.

Como sabes, empecé en San Francisco. Luego me fui más al norte, hacia Chico, Califas. Ahora estoy en una habitación de motel en Truckee, Ca, home of the Donner Party (que resultó no ser tan party). De aquí me voy a Reno, Nevada, ciudad pequeña que sueña con ser metrópolis. Luego a Vegas, Las. Albuquerque. Austin. El Paso. Tucson. Rumbo a California. Los Angeles, Santa Barbara, ciudad postal en la costa. Luego bajar al sur, de Irvine, ese lugar inventado de la nada, hasta Tijuana, ciudad mundial donde cada viaje siempre debe terminar.

Pero ahora está el camino.

Sabes, me dí cuenta de que soy wanderer de nuevo. Como antes cuando te conocí. ¿Te acuerdas cuándo te dije que vivía en lugares de paso? Estaciones de tren, de autobús, aeropuertos, hostales. Viajando con mi Walkman, algunos libros, un cuaderno verde donde hacia esas listas que tanto te interesaban —las mejores rolas para esperar en un aeropuerto; diez razones para nunca volver a Cuenca; cinco adjetivos para describir la lluvia en Chiapas; poderes de superhéroe que serían útiles para vivir en la frontera; bandas que se deberían mandar en un barco hacia altamar; muvis que servirían como justificación de armar guerra contra Hollywood; cosas con qué pagar una mordida a un oficial sin usar dinero—, y esa mochila roja cubierta con parches. Lo único distinto ahora es que no tengo esa mochila roja. Tampoco tengo el Walkman. Cargo un iPod con mucha más música que antes. Y sigo con las listas.

"Travel is a vanishing act" escribe Paul Theroux en un libro y ahora me tienes aquí de nuevo: desparecido. Como en esa rola de Maru Chao.

"¿Cuándo llegaré? ¿Cuándo llegaré?"

Itinerant,

D.

CANÍBALES

Gus y Daniel en la entrada del motel. Daniel miró las montañas que los rodeaban, los bosques de pino. Pensó que no podría sobrevivir el invierno con ese tipo de paisaje. Miró al cielo azul y a las pocas nubes. Finalmente Daniel le dijo a su amigo que lo mantendría al tanto. Era obvio que no le creía. Desde que se casó empezó a cortar sus vínculos con los amigos.

Gus entró a la habitación donde sacó otra botella de cerveza y puso "Jeannie's Diary" de nuevo.

Al despedirse de Gus se fue a buscar a Jeannie. Sólo la conocía en foto, pero sabía que trabajaba en un diner en el pueblo. La encontró en el downtown, estaba de break. Era como en una foto que vio en el motel. Baja. Pelo rubio, largo, atado en un moño. Ojos verdes. Una mirada intensa. Labios delgados que fumaban un cigarrillo. Parecía nerviosa, suponía que por el trabajo. La postura de alguien que desconfiaba: daba la impresión de que estaba lista para echarse a correr en cualquier momento. Encorvada, parecía que intentaba hacerse desaparecer. Era alguien que conocía el heartbreak muy de cerca. Hablaron un rato y nunca le sonrió. Cuando la dejó, parada en la esquina con otro cigarrillo en la mano, Daniel pensó que tenía el aire de alguien que estaba perdida.

Antes de salir de Truckee, Daniel pasó a visitar el parque dedicado a los Donner. En las clases de historia de California, este evento siempre les asombraba a sus amigos y él. La maestra les explicaba:

El grupo del Donner party consistía de varias familias que

decidieron migrar al oeste en busca de fortuna en las míticas tierras de California y Oregon. Llegaron a la Sierra Nevada e intentaron cruzar para llegar al fuerte de Sutter antes de que cayera el invierno. El resultado fue que quedaron atrapados en la sierra por la nieve. Muchos murieron y los sobrevivientes recurrieron al canibalismo para sobrepasar el invierno.

Daniel y sus amigos decían: ¿se comieron? Gross!

Al contar la historia a sus padres, algunos decían Gringos pendejos. Otros, los más politizados, o enfadados con la jaula de oro en que vivían en Califas, opinaban: seguro que había una colonia mexicana que amablemente les hubiera invitado a pasar el invierno, pero no quisieron.

O seguro que se comieron primero a los mexicanos.

Los chicos intentaban imaginar a qué sabría un taco de brazo derecho.

Daniel se acordó de un cartoon que hizo el bato del *Far Side*. Su representación del monumento a los Donner: un sándwich con una pierna saliendo entre dos trozos de pan.

Se sentó un rato al pie del monumento a los Donner. Pensó en Gus trabajando en un motel atendiendo a gente a la deriva como él o a turistas parando en Truckee para ver a los Donner y agradecer por quedarse en moteles y comer en diners y ver el mundo pasar por el parabrisa de un carro. Gus algún día saldrá de aquí, bajará de la Sierra Nevada para buscar oro y fortuna en una ciudad como San Francisco.

TARJETA POSTAL: LA CHICA DEL DINER

En la parte superior de esta tarjeta en letras rojas: TRY YOUR LUCK IN RENO, NEVADA!!! En la imagen hay una chica sentada al fondo de un Denny's. El que estaba en North Wells Avenue. Noche. Parece que espera a alguien. La chica tiene en su mano un café. Se ve cansada.

Jeannie estaba nerviosa. Había pasado el día trabajando. No te conocía. Cuando te acercaste a ella en Truckee y le dijiste que eras amigo de Gus puso cara de sospecha. Pero aceptó verte, mas no allá sino en Reno. Sentada en la mesa, te esperaba. Llegaste tarde. Tenías tu cámara para tomarle una foto. Después de reunirse contigo quedó con otra amiga para salir a los casinos. Tenía un poco de dinero y aunque nunca le gustaba apostar, tenía ganas de meterse a los casinos. Para ver lo que había. Probaba fortuna.

PLACE TO BE

Jeannie frente a Daniel.

How is he doing over there? I never go out there. But you know, every time a tourist comes into the diner and has a face that well, begs, for a place to stay... I always recommend that motel. It's a good job for him. A good job.

La miraba. Estaba tensa. Aun sentía algo por Gus.

It's like this. I still... care... for him. I do. I can't deny it. But, you know, I gotta move on. Bajó su mirada a la taza de café. I got tired. Of. Waiting... for him.

Daniel fue a buscarla en el restaurante. Le dijo que se había quedado en el motel, que le pareció que Gus casi nunca salía. Sure, contestó, he's become a fucking hermit. Pardon my, ha, ha, French. También le dijo que escribía un libro y que entrevistaba a gente. Solo quería hablar con ella un poco.

Ok. Ok. But not here. I can't. Meet me later tonight. In Reno.

Cuando llegó le preguntó por su grabadora. You're recording these interviews, right? Sacó su cuaderno y le dijo que más que nada solo le quería escuchar. Tomaría apuntes, pero no le interesaba captar todo.

Hmm. Fucked up interview-style if you ask me. Excuse me.

Daniel le contó de Juan Manuel en Duffy's. De cómo hablaba y hablaba. Esto le relajó un poco.

Ella le dijo que había vivido toda su vida en la zona. Creció entre turistas que iban a Reno para apostar; a Lake Tahoe para esquiar sobre agua; a los resorts de invierno para esquiar sobre nieve; en busca de los Donner. En su trabajo tenía que aguantar a turistas que hacían chistes malos como preguntarle si las hamburguesas eran 100% res y no una mezcla de cow con humano. Después de terminar el high school se fue directamente a trabajar al diner. Nunca tuvo la oportunidad de ir a la universidad, ni a un community college. Sus padres eran alcohólicos y siempre peleaban. A veces llegaban a los golpes. Fue difícil crecer así. Aguantó lo que pudo hasta que se encontró tirada en el piso del baño, vomitando las píldoras para dormir que se había tomado. Fue su primer intento de suicidio. Falló esa vez, como falló las dos veces siguientes. Planeaba la cuarta cuando conoció a Gus. Iba a ahogarse en Lake Tahoe. Pensaba llenar sus bolsillos y una mochila de piedras y meterse al lago.

No la encontrarían hasta la primavera, con el deshielo. Sería una muerte de invierno. Así lo tenía pensado.

Y esa mañana cuando empezó a planear su muerte se dio cuenta de que el suicidio funcionaba cuando ya no había desesperación. Venía del control total sobre las emociones. Tenía que ser un acto completamente racional.

La mente en blanco.

La mano segura.

Estaba en esto cuando entró Gus y se sentó en una de sus mesas. Jeannie caminaba esa mañana pensando en la muerte mientras atendía a los clientes. Parecía feliz. Se movía al compás de una muerte segura. Cuando llegó a la mesa de Gus se quedó paralizada. Sintió que él la veía de otra forma. Con X-ray vision. Como Superman. Que le veía hasta el alma. Después de vivir juntos un tiempo vieron *The Sheltering Sky*. Al final cuando Debra Winger entró al café y se encontró con el viejo, Jeannie quedó impactada con la pregunta que le hizo.

"Are you lost, little girl?" Damn! When he asked her that, I was, like, devastated!

Cuando Gus la vio por primera vez ella sintió que esa fue la pregunta que veía en sus ojos. Volvió a casa y decidió vivir. Así nomás. Y después, cuando él regresó a cantarle "Jeannie's Diary" sabía que este guy era para ella.

Este era su guy.

Ella sentía que con Gus había un lazo que la conectaba a la tierra, que a él no le importaba que ella nunca hubiera estudiado en la universidad, ni que hubiera viajado tanto como él, ni que sus padres fueran unos fracasados. Nada de eso le importaba.

He could see me.

Eso.

But, in the end. It wasn't enough.

Gus era inestable. Siempre tenía algún proyecto nuevo. Siempre había otro sitio por conocer. Empezaron a vivir y viajar juntos. Pero Jeannie se dio cuenta de que no le gustaba tanto. Prefería Truckee. Por lo menos entendía que allí tenía trabajo, algo para hacer. Con las ideas de Gus, ella se quedaba insegura de sí misma. Gus buscaba el cambio constante mientras ella buscaba la estabilidad. No le hubiera importado irse a vivir a otro lugar, a San Francisco, a Las Vegas, incluso a New York. Pero necesitaba saber qué era lo que ella iba a hacer.

Jeannie miró a su reloj. Tenía que reunirse con una amiga.

Daniel le preguntó si podría tomarle una foto. Salió con una cara de susto, atrapada por el flash.

Antes de salir le dijo, I've had too much not knowing. I don't want to be lost anymore.

Más tarde acabó en un bar cerca del motel. Por los altavoces, Everything But the Girl cantaba "I Don't Want to Talk About It." Se sentó al lado de un hombre que bebía un martini azul. El tipo lo miró y le preguntó qué le parecía Reno. Daniel confesó que aunque había crecido a unas horas de allí, no conocía la ciudad.

Yo tampoco, contestó.

Quedaron en silencio. Dos tipos en una barra.

Daniel le contó de su proyecto. Viajar por el Southwest y entrevistar a gente de la región. Quería escuchar historias de vivir en un sitio marcado por el in-between: gente que trabajaba en moteles, en bares, en truck stops. Lugares donde uno no esperaría encontrar una conexión con otro.

Suena como que buscas historias sacadas de un disco de Tom Waits. Le contestó el hombre.

Daniel se quedó callado un segundo.

Pues no me parece mala descripción. Tal vez. Dijo.

Bueno, then. I have a story to tell. Le dijo el tipo. Bebió de su martini azul.

Empezó a contarle de la chica a quien esperaba una vez al año en Reno. Sabía muy poco de ella, casi nada. Él se pasaba el año conduciendo un camión de carga, recorriendo el país transportando lo que le pedían, desde gallinas congeladas hasta coches nuevos. La conoció en un supermercado donde esperaba mientras le cargaban el camión. Empezaron a hablar y casi sin darse cuenta, ella ya viajaba con él. Estuvieron juntos seis meses hasta que una mañana salió de su camión y la vio subiéndose a un coche en un rest stop en Pennyslvania. No supo qué hacer. En el tiempo que pasaron juntos ella nunca le habló de su vida. Ni sabía su nombre. Todo era una ambigüedad. Lo único que le dejó era una fecha, un hotel y una ciudad. Harrah's Casino. Reno. Un año después llegó al hotel y se quedó tres noches. Luego salió de nuevo al camino. Volvió al año siguiente y al año después. Ya tenía cuatro años y nunca la encontró. Pero regresaba cada año.

No pienses que soy un tipo sentimental. Le explicó a Daniel. No lo soy. Soy un camionero y sé que eso implica aceptar una cierta vida de nómada. No me gusta la idea de estar atado a un lugar. Me da asco pensarlo. Una vez lo intenté y no aguanté ni una semana. Me fui a vivir con una chica pero al tercer día sentí que estaba atrapado en una jaula. Me fui al quinto día y volví a la vida de troquero. Me gusta. Me siento en paz cuando estoy en la carretera, sobre todo cuando estoy cruzando el desierto y puedo ver millas y millas. Me pone contento ver a lo lejos. Al ver un camino abierto, me da la ilusión de que hay algo bueno allá en la distancia. Las relaciones son pasajeras, es verdad. No me molesta. Y si no fuera porque esta chica se instaló en mi camión, quizá no estaría aquí cada año.

Daniel quería preguntarle por qué. Pensó que tal vez el hombre estaba contento con esa relación a la deriva. Su vida parecía ser bastante nómada, recorriendo el país en un camión. La chava misteriosa representaba, quizá, lo único estable en una vida definida por las autopistas.

Al final no preguntó nada.

Daniel y el hombre, sentados en un bar.

Mientras hablaba se tomó dos martinis azules más.

Al despedirse, le dijo, me llamo José Luis. Oriundo de Nogales, pero la verdad es que ya ni sé de dónde soy.

Al regresar a su motel, Daniel se quedó mirando la tele y debatiendo si regresar a San Francisco. Para ver qué podría suceder, si todavía había algún conecte con ella. Pero entendió que no lo iba a hacer. Todavía tenía un recorrido por delante.

ESPÉRAME UN RATO MÁS

Una vez nos invitaron a una fiesta familiar en Albuquerque. En vez de volar desde San Francisco, pude convencer a Melina que fuéramos en carro. El viaje tomaría dos días y pararíamos en Las Vegas la primera noche. La ruta que pensé nos llevaría hacia Lake Tahoe donde cruzaríamos la Sierra Nevada y luego bajaríamos a Las Vegas. Lo que no le dije a Melina era que nos tomaría doce horas para llegar a Las Vegas.

Nos quedamos en el hotel de Treasure Island. Para subir a la habitación, tuvimos que cruzar un puente desde donde vimos una batalla entre piratas. Y luego tuvimos que pasar por el casino.

No nos interesaba tanto apostar, pero esa noche tuvimos suerte. Cada vez que uno decía que ya era hora de subir a dormir, el otro (ahora Melina, ahora yo) decía, "espérame un rato más". Solo un rato más. A las cinco de la mañana, con una ganancia de casi dos mil dólares, subimos a dormir. Los dos estábamos sobreexcitados y casi no llegamos a la habitación: cargué a Melina y la tumbé en la cama donde follamos como conejitos.[20] Salimos del hotel al mediodía, todavía con la emoción de la ganancia y el amor frenético que volvimos a hacer al despertar. Llamamos a mi hermana para decirle que llegaríamos dos días más tarde.

---

20 Sí, es un lugar común. Y uno que nunca he entendido. Pero literalmente follaron como conejitos: frenéticamente, rápidamente, desesperadamente, dos corazones latiendo a mil por hora, los brazos en nudos, las piernas enredadas, el pelo de ella en sus caras, los ojos de él cerrados, los de ella abiertos. Era una carrera. Quick, quick, se decían. Quick, quick. O quizá menos como conejitos y más como una pareja de jóvenes veinteañeros que se conocieron esa misma noche en una borrachera y se fueron corriendo a buscarse un rinconcito oscuro para hacer cosas sospechosas.

Al llegar a Flagstaff, le pregunté si conocía Sedona. Melina, que leía una novela en ese momento, me miró y me contestó que no y ¿por qué no vamos? Salimos de la autopista y bajamos por la sierra hasta llegar a Sedona[21]. Llegamos para la puesta del sol, cuando las rocas rojas se ponían más intensas. Por la noche salimos a caminar bajo una noche cubierta de estrellas. Después, abrazados en la cama, le propuse que nos casaramos. Melina alzó la cabeza y me miró fijamente por unos segundos antes de decirme "sí, sí, sí".

---

21 Vero y yo pasamos unos días en Sedona. Íbamos de Albuquerque a San Diego. Cuando paramos a poner gasoline en el camino después de Flagstaff, vimos el letrero que decía Sedona y decidimos ir. Nos gustó tanto que nos quedamos dos noches. En una tienda encontramos un globo terráqueo pequeño que tenía una estrella grande para marcar Sedona. Tengo uno así en un estante. Cuando lo encontré, decidí nombrar mi zona el Rancho de las Últimas Cosas.

TARJETA POSTAL: METEOR CRATER

En esta tarjeta postal (en letras cursivas, "Un hoyo fonqui") hay una figura frente a un hoyo gigantesco. Casi una milla de ancho con 750 pies de profundidad. Es un cráter de meteoro. Hace mucho viento. El hombre alza la mano, el cabello dibuja figuras extrañas por los vientos. En el fondo brotan palabras. Caer. Cielo. Temblor. Gris. Technicolor. Llanto.

Parado allí frente al precipicio para ti eso era un hoyo muy, muy grande. En la mano cargabas tu cuaderno. Tenías ganas de lanzarlo. Aventarlo hasta el fondo del hoyo. Imaginabas que caería más allá, que terminaría perdido en algún lugar del centro de la tierra y que luego todas las palabras ya escritas se convertirían en fuego para luego desaparecerse.

Ibas en camino hacia Albuquerque cuando viste el letrero que anunciaba la salida para el Meteor Crater. Saliste de la autopista. En camino hacia el cráter pensabas que tu viaje terminaría allí. Tirarías el cuaderno, te regresarías al carro y, en vez de ir hacia Albuquerque, te regresarías a San Francisco. "¿Qué haces?" Te preguntaste. "¿Qué haces conduciendo por el país, robando historias a la gente?"

Era verdad, no sabías qué carajos hacías en el pinche desierto de Arizona.

Después entendiste menos por qué en vez de regresarte a California seguiste hacia Albuquerque.

En la sala tengo un estéreo. Es la misma marca que tenía cuando estaba en la secundaria. Vivíamos en una casa de campo de dos pisos. Mi habitación estaba en el ático. Subía por una puerta en el pasillo que daba a una escalera estrecha. Tenía una mesa que usaba como escritorio, un colchón en el suelo donde dormía y un estante para mis libros y mi estéreo. Como no tenía muchos amigos, los viernes por la noche me lo pasaba en mi habitación escuchando el radio. Sintonizaba una estación que venía desde la cordillera de la Sierra Madre, desde un pueblo pequeño cerca de Lake Tahoe. La señal llegaba con mucha interferencia, a veces no lograba escuchar el programa. Me encantaba porque se dedicaba a música punk, post-punk y New Wave, que era la música que empezaba a formar la banda sonora de mi vida. Bandas como New Order, the Stranglers, OMD, Joy Division, Bauhaus, Soft Cell. Bandas captadas en las señales de la noche.

De vez en cuando, pongo el estéreo que tengo aquí. Intento sintonizar la estación. Sólo me llega mucha interferencia. Ellos han hecho todo lo posible para reconstruir mi pasado, pero sé que aquí en el Rancho de las Últimas Cosas, todo es un simulacro.

II: ENTRE VAQUERAS Y ESCRITORES

*You live in a house of sound and you live
with a ghost. The one who stole your heart
also lives in your heart so you cut it out
with a carving knife and send it flying.*

—Brynn Saito

TARJETA POSTAL: APARTAMENTO

Esta es una tarjeta postal pintada en tonos de gris. En letras pequeñas, "Palo Alto, un apartamento cerca del downtown y de Stanford University". Hay una mujer de pelo largo sentada al lado de una ventana. Noche. Fiesta de estudiantes de Derecho. La mujer tiene en las manos un vaso de vino.

Melina, sonreía y movía la cabeza con la música. Algo de salsa, un tema de Rubén Blades del disco *Buscando América*. No había muchos que bailaban. Más bien discutían. Las clases.

No lo sabía pero en media hora llegaría otro grupo de amigos. Entre ellos, tú. Estaba bailando en la sala cuando entraste. Saludaste a los amigos, hablaste un rato con el típico grupo que se encontraba en la cocina. Ese grupo que actúa como si fueran los defensores de las cervezas en el refri. Liberaste una chela y luego saliste a buscar un sitio para sentarte. Ahora había otra música y Melina regresó a la ventana para mirar hacia fuera. Llegaste a la ventana y te sentaste a su lado. Te miró.

Pero todo esto sería parte del futuro. Por ahora estaba ella, sola. Una mujer sentada en una ventana, mirando afuera.

Miraste a tu alrededor, a la gente que llegó para la apertura de la exposición. No la viste. Supusiste que su vuelo llegó tarde o quizá decidió no venir. Tampoco sabías si entendería la referencia de esa pintura. Desde lo que pasó se había puesto a deshacer el pasado. Necesitabas darle más tiempo.

No sabías que diría de la pintura. Era la única que parecía no tener referencia al viaje que hiciste. Cuando la pintaste, no pensabas en esa noche que conociste a Melina. Más bien, la foto que usaste como base no era de California sino de Albuquerque. Saliste por la tarde con tu cámara y al pasar un edificio cerca del downtown, viste a una chica sentada al lado de la ventana. Miraba hacia el atardecer y te hizo recordar en tu mujer.

Esa noche en Albuquerque. Quisiste olvidarla. Cuando regresaste a tu habitación estuviste a punto de empacar las maletas y salirte en chinga. Poco a poco te fuiste calmando. Fue por el cansancio y por algo que te había dicho Martina antes de partir de Chico. Cuando le confesaste que te sentías culpable por haber perdido el contacto con ella, te dijo que no fueras tonto, que no deberías sufrir por eso. La culpa no ayuda nada.

IN DREAMS

Una noche antes de regresarme a España el año pasado, estuvimos sentados en la cocina de nuestro apartamento, con vistas al East River. Me dijo que había soñado conmigo la noche anterior.

¿Sí? La miré. ¿Y?
Y nada. No recuerdo mucho.
Pero recuerdas lo suficiente para saber que estuve allí.
Sí. Pero de allí, casi nada más.
¿Qué hacíamos?
Hablábamos.
Raro.
¿Por?
Según tú, nunca hacíamos eso.
Bueno, en el sueño sí.
¿Y de qué hablamos?
No sé. No me acuerdo. De cosas.

Me paré de la mesa y me fui al refrigerador para servirme un vaso de agua. No sé por qué, pero me acordé del primer apartamento que tuvimos en Mountain View, en California. Estaba en el cuarto piso y teníamos vista a la piscina. En el verano solíamos pasar la tarde allí, nadando y contando chistes malos.

Pues, me gusta. Le dije al final.
¿Qué?

Sí. Me gusta. Me gusta esto de estar en tus sueños. No por el hecho de que soñaras —o pensaras— de mí. No. Es como si de alguna manera me hubieras invitado a participar en algo contigo. Algo que según tú nunca tuvimos. A darme —aquí me reí— otra oportunidad.

Solo hablábamos, Daniel. Eso era todo.

Solía escribir en libretas pequeñas que siempre cargaba conmigo. Tenían una cubierta negra y todas eran de la misma marca. En ellas escribía observaciones, reflexiones sobre algo que leí, citas que me decían cuando andaba en fiestas. Muchas veces las entradas no llevaban fechas. Cuando terminaba una, la ponía en un estante con las otras que había rellenado. Por esas cosas que pasan, una vez no encontré una libreta negra y acabé con una roja. Pensé que nunca la usaría, que la guardaría en algún sitio y me olvidaría de ella. Una noche en una fiesta alguien me hizo una pregunta que me gustó y saqué mi libreta para anotarlo. Era la libreta roja. Dudé en escribir la pregunta, pero al final lo hice.

¿Cuál fue la cosa más pendeja que has hecho mientras estabas borracho?

Esa fue la pregunta que me hizo Vero al conocerla.

Tengo un estante aquí que contiene muchas libretas negras. Entre ellas, hay una roja. Cuando la abrí, vi que todas las letras estaban borrosas. No entendí nada.

ALBUQUERQUE

En Albuquerque, en el Bar Bar.

Un letrero rojo de neón, chispeando en la noche. En letras grandes, BAR.

El bar Bar.

Daniel cansado después del viaje de Flagstaff entró para tomarse una cerveza. Por un momento reflexionó si había entrado a una escena de David Lynch. El Bar Bar era viejo, tipo años '50, con una barra larga de madera oscura. Había espejos por detrás de la barra. La rocola vieja tocaba una de Roy Orbison. Arrimó un taburete y pidió una Sierra Nevada. Era la cerveza de Chico y cada vez que salía si no había Tecate pedía Sierra Nevada en los bares[22]. El barman, aburrido, con atención puesta en un partido de béisbol, se la sirvió.

No fue hasta beberse el primer sorbo que se dio cuenta de la chava que estaba sentada al final del bar. Bebía un whisky on the rocks.

Los dos en silencio. Daniel pensaba en las personas con quien había hablado, el bato de Duffy's en Chico, Jeannie, el tipo del bar, una camarera en un diner en Las Vegas. Gente que le había contado un poco de sus vidas. Tenía apuntes de sus conversaciones con ellos en su cuaderno, como también breves descripciones de algunos sitios por donde había

---

22 La cerveza nacional de Chico, California. Empezó a finales de los '70 cuando un bato, Ken Grossman, decidió crear su propia cerveza después de un par de años como dueño de una tienda dedicada a la fabricación de cervezas caseras, The Home Brew Shop. En 1980, Grossman y un socio sacaron su primera cerveza, Sierra Nevada Pale Ale. Y the rest, como dicen, is history.

pasado y algunos dibujos y fotografías. Estaba guardando información para el proyecto que cambiaba de forma casi diariamente. Después de terminar su cerveza, pagó y salió. Antes de irse, la chava del bar lo miró un segundo. Una mirada breve. Cómplice.

SERÁ PRONOMBRE CUANDO ERES SUSTANTIVO

To: Miss_Cuernavaca68@rocketmail.com
From: elpocho66@writeme.net
Subject: Será pronombre cuando eres sustantivo

No sé porqué pero estaba pensando en mis jefes. ¿Alguna vez te conté de ellos? ¿De cómo se conocieron? Mi jefe venía de una familia de escribanos, de gremio y todo. Trabajaban en Messico City, en los portales al lado de la Plaza de Santo Domingo. Por alguna razón (quizá fue riña gremial) se fueron del DF y se instalaron en Fresnillo, Zacatecas. Mi abuelo se dedicaba a diseñar invitaciones para bodas, quinceañeras, bautizos: pachangas pues. También pintaba ex-votos para gente que le pedía algún milagro al Santo Niño de Atocha ya que en Fresnillo está su santuario.

Mi jefe trabajaba en una ferretería y a veces también escribía versos para batos que no tenían el don. Hacía buen bisnis. Y un fine day llegaron a la ferretería los hermanos Salazar, unos batos que pertenecían al crusty upper crust de Fresnillo. El mayor, José David, estaba intentando enamorar a una chava, Silvina Ortiz, que también pertenecía a una de las big name familias de la ciudad. Una familia de ganaderos: vaqueros pues. Mi jefa era cowgirl.

Lo único es que los hermanos Salazar eran brutos.

Bien toscos.

Biiiiiiiieeeeeennn tontos.

Más que nada su mundo era la charrería y la —según cuentan las malas lenguas— exportación de ciertos productos de legalidad dudosa. Mi jefe, como sabía que los Salazar eran raza dura, especialmente los hermanos, sin conocerla, aceptó escribir unos poemas para Silvina.

¿Cómo? Resulta que mi pops era hit con las ladies. Tenía tantas novias que Silvina no había entrado a su radar. Tampoco la conocía porque ella sobre todo pasaba casi todo el tiempo en la capital del estado, Zacatecas. Los primeros poemas eran malísimos. José David no llegaba a ningún lado con ellos. Ni a la esquina de la casa. Y es que mi jefe ni había visto a Silvina. Un día José David lo llevó a un salón de fiestas y le dijo que esperara afuera. Mi pops se detuvo un rato, conquistando sin resultado a una chica que también estaba invitada a la fiesta. Mientras le coqueteaba salieron los hermanos con Silvina. Mi jefe la vio y le cayó instantáneamente el flechazo, así como en las novelas románticas que luego se vuelven telenovelas. De allí cambió el tono de los versos y Silvina empezó a caer en las garras del mr. JDS.

El encuentro con Silvina casi arruina a mi jefe. Solo pensaba en ella. Intentaba buscarla en otras mujeres, pero nada. Sufrió en el trabajo. Se enfermó. Nadie sabía qué le afectaba. Empezó a beber y pasar el tiempo en las cantinas; El jardín de Edén, La oficina, La opera, La BBOBT, Aquí me quedo, La primera caída, Primero sueño, Aquí se está mejor, Hoyo fonqui, La penúltima, Hasta aquí llego. Una noche, al salir borracho del Aquí me quedo, mientras se recargaba sobre un poste de luz, la vio. Estaba en un carro conducido por su primo. Regresaban de una recepción en el rancho de los Aldama y como no hacía tanto frío, tenía la ventana abierta. Mi jefe alzó la cabeza, la miró y le aventó uno de esos versos que siempre tenía en la manga. Ella lo oyó e inmediatamente se dio cuenta de que este hombre borracho agarrado a un poste en un intento vano de hacer que el mundo dejara de girar era el verdadero autor de los poemas que le mandaba José David Salazar. En ese momento, como en todas las muvis románticas que hacen llorar a las chavas, se enamoró de mi jefe.

La vaquera y el escribano.

Claro, es la historia de Cyrano. Pero qué te puedo decir, así es la mitología familiar. Y si uno tiene que escoger entre la realidad y el mito, como opinó John Ford, pues el mito ¿no?

Ahora tenían un problema: José David. Y también su hermano, Raimundo. Y sus primos, sus tíos, sus tías, su papá y la más temible de todos, su madre: doña Francisca, la Paca. Lo bueno es que los padres de Silvina aceptaron mejor a mi papá, ya que no era tan bruto como José David. Escondieron a los dos y los mandaron con otros familiares al norte, a Tijuana. Allí se casaron mis jefes. De Tijuana se brincaron la línea y terminaron en Orland. Mi padre consiguió trabajo en una lechería. Mi jefa en una fábrica que hacía mochilas (de allí mi mochila roja que viajó tanto conmigo).

Y así terminaron los dos en los USA. A los pocos meses de su llegada, nací yo. Just another típica story de border crossing.

Aprendí la historia de ellos a través de lo que se contaba entre mis parientes después de la cena cuando se ponían a tomar café y contar chismes. Como en mi familia no dejaban hablar a los chicos, lo único que podíamos hacer era escuchar. Quizá por eso me paso las tardes escuchando conversaciones en bares y cafés, buscando historias que podría añadir a un libro que se me está ocurriendo.

Eavesdropper,

D.

WALKING AROUND

Decidí salir a caminar después de escribir el mensaje. Necesitaba un poco de aire. Me sentía raro, agitado. Pensé que fue por el mensaje que recibí de Melina. La frialdad que sentía en sus palabras. Caminé por la calle en busca de algún sitio donde podría entrar. Estuve a punto de meterme a un diner, pero vi que cerraban. En un semáforo vi a una pareja montada en una moto. Esperaban el cambio de luz. Ella lo abrazaba a él con una sonrisa y los ojos cerrados, mientras que éste miraba hacia adelante.

Pensé en Melina. Habíamos pasado momentos muy buenos, pero ahora ella solo se acordaba de lo malo. The bad old days.

There was a time cuando no fue así.

Of course.

Antes cuando salía de viaje al regresar la primera cosa que le hacía era aventarla a la cama, quitarle la ropa y empezar a inspeccionar el cuerpo con besos y caricias. Una vez cuando estuve en México para un congreso vino a visitarme por sorpresa. Al llegar al hotel nos encerramos y no salimos hasta un día después. Y eso fue porque ya teníamos hambre y fuimos a comer tacos al pastor. Cuando regresamos a la habitación pasamos otro día encerrados. Salíamos solo por tacos.

Al final casi no podíamos caminar.

Después cuando le recordaba el pasado me contestaba: that was then.

Terminé de nuevo en el Bar Bar donde seguía la chava tomando whisky.

La rocola tocaba algo de Tom Waits.
Me senté a su lado.
You're back. Me dijo.
Sí. Tenía sed. Le contesté.
Funny you say that. A mí no se me quita.[23]

---

23 Vero tenía una sed inagotable. Para todo: las bebidas, los viajes, la música en vivo, el sexo. Era promotora cultural y recibíamos muchas invitaciones para eventos, conciertos, exposiciones de arte. Después del concierto de Interpol, pasamos mucho tiempo con la banda en el green room. Vero se lo pasó hablando con la gente que conocía y yo entré en una conversación sobre cine con el baterista. Cuando pasó Café Tacvba por la ciudad, los llevamos a comer comida Nuevomexicana. Con Sleater-Kinney pasamos la noche en la terraza del Hotel Parq Central. Y después de todos los conciertos y los eventos y las ruedas de prensa, al llegar a casa me llevaba directamente a la cama. Muchas veces acabábamos abrazados y sudados en el piso de nuestra habitación. Antes de caer dormidos, casi siempre anunciaba a la noche y a nuestros posibles escuchantes —ella hacía mucho ruido— <<Ustedes comprenderán que lo único que yo podía hacer con él, era el amor>>. Era casi una cita de una de sus novelas favoritas, *Palinuro de México*, de Fernando del Paso. Y a veces, después de decir eso, empezó a citar las maneras en que Palinuro hacía el amor con su prima Estefanía: compulsivamente, deliberadamente, espontáneamente (y yo aquí decía <<Pero sobre todo, hacíamos el amor diariamente>>).

TARJETA POSTAL: HABITACIÓN DE HOTEL

En block letters amarillas, MEET NEW FRIENDS IN ALBUQUERQUE. Esta tarjeta postal es la vista desde la entrada de una habitación de hotel. En el fondo se puede ver parte de una cama matrimonial al lado de una ventana grande. Una mujer desnuda sentada en la cama. Ropa en el suelo. Las cortinas abiertas. Se pueden ver las luces del centro de Albuquerque. La televisión encendida. En el primer plano hay un hombre, mirándose en el espejo. Está envuelto con una toalla. Se mira intensamente bajo la luz.

Tú frente al espejo. Bajo la luz. En shock. Ahora la has cagado, pensaste. Tenías rasguños en la espalda, por la mujer que te enterró las uñas mientras pujaba. Ella debajo de ti. Sudabas. Ella gimiendo y luego gritando, sus uñas en tu espalda. Ella envolviéndote con las piernas.

Vanessa. La mujer se llamaba Vanessa. Encontró tu cuaderno entre tus cosas. Lo empezó a leer con la luz de la tele. La mujer sentada en la cama, desnuda. Tu, cuaderno en mano. Tú, frente al espejo. Con ganas de romperte la cara. Vanessa, te dijo después del tercer trago, me llamo Vanessa.

AQUEL MOMENTO

Vanessa le dejó su número. Just in case. Lo puso en su cuaderno. Sabía que no lo podría sacar de allí. Después de escribirlo le preguntó cómo se llamaba su libro.

El libro que nunca te escribí.

Salió de su habitación con su cámara y se fue a caminar por el centro de Albuquerque. 2:45 de la mañana. Pensó en el imeil de Melina. Cuando le escribía parecía que se dirigía a uno de sus colegas de trabajo. Lo trataba con una formalidad que no parecía normal. Ni hablar de terms of endearment. Ningún "dear lover," o "oh my darling," ni un "mi hopeless fool." Nada. Solo su nombre y una carta que parecía más bien informe sobre una nueva ley inmobiliaria. Ella no llegaba a entender que por una vez en su vida Daniel quería que no estuviera a la defensiva y le dijera que lo quería y volviera a casa.

Mientras caminaba pensó en el Cowboy y si alguna vez había pasado por Albuquerque.[24] Ya no estaba seguro si había entendido bien. ¿Era real eso de que necesitaba hacer un viaje? Miró hacia el edificio y vio a una mujer sentada en una ventana. Ella tampoco podía dormir.

---

24 Viví seis años en Albuquerque. A los dos meses de mudarme, conocí a Vero en una fiesta. Un año después vivíamos juntos en una casa en Old Town. Por las tardes caminábamos por entre los turistas que llegaban a la placita. Había una tienda que vendía camisetas y calcomanías irónicas. Ella me compró una que decía "Relax, gringo, I'm legal." Y yo le compré una de "Carpe Diem Mañana."

TRES COSAS (CÓMO)

To: Miss_Cuernavaca68@rocketmail.com
From: elpocho66@writeme.net
Subject: Tres Cosas (Cómo)

Estimada señorita C:

Tres cosas aquí.

1. Cómo conocí a mi chava, mi waifa.

Fue en una fiesta en Stanford, de estudios de la escuela de leyes, puros lawyers-in-training y muy pocos lawyers-in-love. No sé por qué iba a esas fiestas, quizá por tener muchos muchos muchos amigos que estaban pasando por el programa de Stanford Law. Pero era siempre el mismo rollo, are you first-year or second-year? The Question. La pregunta famosa que todos hacían para ver en qué generación estabas. Era una identificación con el grupo. Las primeras veces yo contestaba que era no-year, pues yo no estaba en ese programa. Decía que era pintor y a veces writer, y claro, las chavas inmediatamente se desconectaban.

Un painter, entre lawyers.

¿Dónde está el dinero? Juar, juar.

Empecé a contestar que era contador. Así me aceptaron. Por lo menos llegué a bailar a veces con chavas o pude entrar en conversaciones con los grupitos de law students que siempre se juntaban en la cocina para hablar de clases o de sus experiencias en otras universidades. Una vez oí a una recordar un invierno que pasó en una casa en un lago de New Hampshire. Fue estudiante en Dartmouth y vivía con su novio que era visiting lecturer en la universidad. De noche escuchaban los pleitos de unos vecinos. De allí la conversación giró sobre la legalidad de vigilar a la gente y qué tipo de defensa se podría armar en casos donde el gobierno usaba wiretapping o video. Esto, te lo advierto, es el principal problema con fiestas de lawyers-in-training (lawyers-r-us). Todo se vuelve discusión sobre la ley.

Pero te decía de cómo conocí a mi chica.

Pos en una de estas fiestas estoy en el güiri güiri con una chava y me pregunta The Question. Y yo, sin pensarlo, le contesto. Le digo que soy pintor, y la chava, como que no se desconecta.

Y nos casamos al año.

2. ¿Qué pasó?

Maybe later te cuento. Ahora no puedo.

3. Mi tale of border crossing: los hermanos Salazar.

Ya te imaginarás. No estaban contentos. Nop. Parece que sacaron un contrato contra mi jefe. Por eso se tuvieron que ir de Fresnillo para Tijuana. Pasaron casi un año allí de espera para cruzar el border. Creo que en esa época mi jefe empezó a bolear zapatos. Mi jefa, que jamás había tenido que chambear, también tuvo que buscar jale. Terminó en una licorería, vendiendo tequila barato (a precios altos) a turistas gringos que llegaban a Tijuas buscando el rrrrrooommmmannnnntic Mecsicou y encontraron una avenida de burros pintados con rayas, farmacias, discotecas y bares. ¿Y lo de la lana de la familia de mi jefa? Resulta que aunque estaban dispuestos a protegerla de los brothers Salazar, no estaban preparados a que terminara con un hijo de escribano que no le interesaba entrar al family business: la ganadería. Cuando se fueron de Fresnillo, mis abuelos los protegieron pero también les cortaron de cualquier apoyo financiero. Ya te imaginas, mi jefa perdió todo. Así que fue difícil para ellos.

Pero tampoco les importaba. Según he oído, se querían muchísimo. Tenían uno de esos amores que hoy solo se encuentran en las telenovelas brasileñas. Y ¿cómo no? Mi jefe tenía el don del verbo.

Libresco,

D.

BEAUTIFUL WORLD

Esto pasó.

Esto pasa.

Fuck.

No lo había planeado, pero terminé en Roswell. Salí temprano de Albuquerque con la idea de llegar a Lubbock por la tarde. Me sentía culpable y empecé a conducir por la Interstate 40, rumbo a Amarillo.[25] Paré en Clines Corner a echar gas y cuando salí de nuevo a la carretera, sin darme cuenta, estaba en la ruta 285, rumbo a Roswell.

Roswell para buscar a los aliens, pensé.

Puse mi iPod y la primera rola que saltó fue "Beautiful World," de Devo. Me acordé de una noche cuando me tocó ser el ingeniero de sonido para la banda de Diana Destroyer. Su apellido verdadero era Linares, pero se puso Destroyer porque le parecía mas punk así.

Diana parada en el pequeño escenario. Un spot, iluminándola en su vestido rojo de noche, de lentejuelas. El cabello corto y rubio teñido. Unos guantes negros y largos

---

25 Interstate 40, o I-40, de este a oeste atraviesa ocho estados. En el este, comienza en North Carolina y termina en el oeste, en California. Pero no llega hasta la costa, acaba en Barstow, a unas 155 millas de la frontera con Arizona. La historia de la carretera es bastante interesante. La construcción empezó en los 1950's, cuando se comenzó a diseñar el sistema de autopistas nacionales y como todas las otras, su ruta fue trazada sobre otras históricas. Del estado de Arkansas a California, traza generalmente una ruta por donde antes pasaban vagones de pobladores que iban hacia California para buscar su fortuna en la segunda mitad del siglo XIX, cuando el estado ya era parte de la unión. De Oklahoma City a California, la ruta que sigue principalmente es la de la antigua ruta 66, la famosa <<Mother Road>>, que iba de Chicago a Los Angeles. Para algunos tramos de su construcción en California, se pensaba emplear bombas atómicas para excavar la ruta por la sierra. En mis años de andanzas por el país, tomé esa ruta varias veces. La primera vez fue cuando viajé de Virgina a Los Angeles. Conecté con I-40 en Tennessee y de allí directo a California.

que le llegaban al codo. Miraba al público con desdén. Cargaba su guitarra como si en cualquier momento la fuera a usar para golpear a alguien.

Lo cursi es un truco del capitalismo, del gobierno. Nos quieren vender una imagen bonita del mundo. Nos quieren vender una idea de que todo está bien. Que todo está perfecto. A beautiful world for beautiful people.

Eso, dijo en voz baja, es una mentira.

Lo cursi es una manera para controlarnos. Vendernos un producto. Unas gafas especiales para no ver lo que está pasando. Unas gafas para ver el mundo en technicolor. The future is so bright, I gotta wear shades. Lo cursi es una droga para mantenernos a todos bajo control. Para hacernos creer que todo está nice, que el amor es grande y que it's morning again in America. Para hacernos olvidar o no enfocar en la destrucción que nos están haciendo. Para hacernos olvidar la mierda que nos dan. A beautiful world para gente beautiful.

Suena bien, ¿no? Suena bonito. Pero no. Lo cursi es un arma de destrucción masiva. Es uno de los armamentos de cualquier líder político para adormecer al pueblo. Palabras bonitas, sentimientos fáciles para gente que no piensa. Para gente que no quiere ver más allá de la idea de que esto es un beautiful world. Y aquí empezó a tocar unos acordes en la guitarra. Un beautiful world, dijo. Su banda, The Malcriados, empezó a tocar "Beautiful World."

La miraba desde el equipo de sonido y me di cuenta de que me estaba enamorando de esa chica ruda que nunca entendería que sus ideas sobre lo cursi eran demasiado sencillas.[26] No veía las posibilidades subversivas de lo cursi.

---

26 Parece que eso siempre fue el problema de Daniel. Siempre se enamoraba. Era bien cursi el bato.

Frank Sinatra de viejo cantando "My Way" era una cosa, pero Sid Vicious cantando la misma rola es otra.

Miré a Destroyer y supe que aunque siempre hablaba de revolución para destruir las jerarquías de clase social, ella nunca realmente conoció la pobreza. Venía de una familia de clase alta y en realidad gozaba del privilegio que eso le daba. Sus ataques contra lo cursi eran nada más que una pose.

En fin, soy cursi y qué, pensé mientras controlaba el equipo de sonido. Y The Malcriados saltaron de "Beautiful World" a "Kill the Poor" de los Dead Kennedys.

TARJETA POSTAL: TELÉFONO PÚBLICO

Roswell, NM. En esta tarjeta postal hay un auto estacionado en una gasolinera al lado de la carretera 285. Los colores están sobresaturados, parece que todo está a punto de derretirse. Hace calor. Hay un hombre al lado de un teléfono público. Lleva pantalones cortos y una camisa blanca. Con el auricular en una mano se limpia la frente con un pañuelo rojo. Hace demasiado calor. Mira hacia la gasolinera. Seguro que tienen aire acondicionado y que hará frío polar adentro.

En el teléfono escuchabas el tono. Contestó la máquina. *Hi. I'm not home right now.* Era la voz de Laurie Anderson que habías grabado y que por alguna razón Melina nunca te pidió cambiar. *Please leave a message at the sound of the tone.* No dejaste ningún mensaje. Pensaste en el teléfono sonando en el silencio de tu apartamento en New York. Tenías el teléfono móvil en tu maleta en el auto. Desde que saliste de allá sólo lo habías usado una vez para llamarla y decirle que habías llegado bien. A partir de allí, lo apagaste y lo dejaste en la maleta. Preferías llamar por teléfono público.

Un auto descapotable entró a echar gasolina. Un grupo de amigos que alquilaron un convertible, soñando con la idea de conducir a mil por hora en el desierto con rockin' tunes y the top down. En vez de vivir sus desert dreams, era obvio que sufrían con el calor. Uno preguntó si podían poner el techo y encender el aire acondicionado.

Y tú allí, con un teléfono en la mano. Te alegrabas porque en tu auto sí tenías air conditioning.

CHILE CON KARMA

Lubbock, Texas.

Dos amigos en un restaurante.

¿Y de qué va el proyecto? Le preguntó Diego.

Bueno…todavía lo tengo un poco ambiguo. Y la verdad es que no sé si es libro o será simplemente una exposición de arte con textos incluidos.

Daniel le habló de C y Melina.

¿Sabes qué? Suenas a telenovela. Me cae que sí. Dos chavas y un camino. Ojalá el bato ese de CHIPS haga tu papel. ¿Cómo se llamaba ese dude?

Erik Estrada.

Claro. Pinche Erik Estrada.

Estaban sentados en un restaurante Tex-Mex almorzando chile con carne. Diego bebía iced tea — demasiado party party anoche, bróder, le explicó— y Daniel una Shiner Bock.

Por allí le llegó el chisme de que Daniel escribía un libro.

Word travels fast. Pensó.

Originalmente la idea era hablar con gente, investigar la idea de raíces. Quizá explorar también las mías, para una serie de pinturas. Pero ahora parece que estoy investigando las vidas de gente ordinaria pasando momentos extraordinarios… no sé si eso tiene sentido.

Por supuesto. Le has estafado a tu universidad un chingo de lana para irte de road trip por el suroeste visitando amigos y cantando tus canciones tristes. Una cosa: tienes que cambiar eso de ordinary people, eso déjalo para los escritores ingleses. Necesitas ser más como un Pynchon, un Vonnegut, un Gifford. Personajes raros, situaciones apocalípticas, guerra fría… you know. Puedes inventarte un personaje llamada Violeta Florida Durango, una gun runner perseguida por una mafia de enanos calvos. O qué sé yo, incluir un cuento de terror. O uno de narcos. O mejor con aliens. Eso. Sería perfecto.

No man, no trata de eso…

So? Do it. Sería interesante. ¿Y cómo se llama este book?

True Love Waits.

Boring. Me parece que en vez de una Efrem Zimbalist jr. Production me vas a dar una de Merchant-Ivory. ¿Porque no le das un título sexy o misterioso? Algo como "Luego el silencio," "En el Lost 'n Found" o "Muéstrame tus pasitos de otoño."

Don't think so.

Y seguro que vas a hablar mucho de música. Incluso podrías incluir un compact disc. Un libro con banda sonora. Y que no sea como esa otra que salió hace años. ¡Qué miedo! Pero debes incluir una historia de misterio, por lo menos. Algo con un aire de violencia. Something.

Chile con karma. ¿Qué te parece cómo título?

Funny, pero ¿qué tiene que ver con tu book?

Más tarde: mientras paseaban por Lubbock en coche con las ventanas cerradas y el aire a maximum, miraron a una chava cruzar la calle en rollerblades. Allí, señaló Diego, allí tienes el principio de un cuento. "La vi al salir del edificio. Yo en mi coche. Cansado después de un día caminando de junta en junta. Ya estaba listo para irme directamente a casa y sentarme frente a la tele. Ella con rollerblades. Patinaba con esa languidez extraña que tienen las chavas jóvenes." ¿Qué tal?

Maybe. Pero no será Tecsas story.

Por lo menos darle un cool name. Xenia o Tera o Tiffany…

O sea, porn star names.

Sure, why not?

Nop.

Okei pues, ¿qué tal que este personaje sea una junkie? Una junkie que había nacido niña bien y terminó on the mean streets. El principio podría ser un sueño o un recuerdo.

No puedes empezar una historia con un sueño. Y lo de junkie, tampoco. Es más, me hace recordar una historia que oí una vez en Stanford.

No me lo cuentes, dude. Tú y tus pinches cuentos. Deja quedarme con la idea de uno medio porno.

No le dijo a Diego lo de Vanessa. Y aunque sabía que no debería, no podía evitar sentir los picos de la culpa como pequeños dardos en el estómago. Oía a Diego en el teléfono hablar con su jefe. Le había pedido que revisara un artículo para la revista donde trabajaba. Estaba enfadado. Tenía planes de que fueran al cine porque también tenía que escribir una reseña de una nueva peli para otra revista donde a veces colaboraba.

Se supone que estoy de sabático, le había explicado esa mañana. Pensaba venirme a Lubbock cuatro meses, esconderme entre estos Tecsanos y dedicarme a escribir mi libro. Pero aquí me tienes, chambeando. Mi error fue haber alquilado una casa con wi-fi. La próxima vez que me vaya de vacaciones, te juro que me iré a alguna cabaña perdida en los Rockies, donde apenas llega la televisión.

Pues, bróder, aunque te quejes, yo sí te agradezco el wireless. Le contestó, mientras sacaba su PowerBook.

Se acordó de esa noche. Después de calmarse volvió a la cama donde estaba Vanessa.

¿Mejor? Le preguntó.

Hizo una cara de enfado para mostrarle que no le pasaba nada.

No me digas que ahora te vas a volver moralista.

Hmm. Pues no sé, le contestó.

Le tomó de la mano y le acostó en la cama a su lado.

Man, no te preocupes. No pasa nada. No soy una de esas que creen que esto significa algo. No me he enamorado de ti. No me voy a volver stalker. Esto no es Hollywood. Es Albuquerque. No tienes nada que temer.

Bah, nada, dijo. Intentaba hacerse el indiferente. Tampoco veo esto como principio de un gran amor, le contestó.

¡Perfecto! Así me gusta. Y le dio un beso en el pecho.

Luego levantó su cuaderno que estaba a su lado.

¿Y esto?

Mitad diario, mitad crónica de viaje para mi proyecto. Le explicó. El que te conté en el bar.

Ah, sí. Tus road trip stories. Tu viaje a la deriva en la búsqueda de ti mismo. Tu great American Road Novel. Seguro que al final vas a llegar a entender algo.

No le contestó. No lo había pensado en esos términos. Pero sus palabras le afectaron. Y lo pusieron nervioso. ¿Qué tal si estaba escribiendo la American Road Novel? Pensó en una frase de Baudrillard, <<I went in search of astral America, the America of the empty, absolute freedom of the freeways.>>

A veces un viaje no es nada más que un acto de desaparición. Le dijo finalmente.

SLEEPWALK

Austin, Texas.

Esa noche, mientras caminaba por el centro de Austin con unos amigos, me acordé de una noche cuando me encontré con Carmen en Malasaña. Estuve con Migrant Ed y Manolo en Callao y fuimos a buscar un sitio para tomar chelas. Era una de las pocas veces que no estaba con Carmen. Llegamos a la Plaza Dos de mayo y vimos que estaba repleta de gente y probablemente no habría sitio para sentarnos. Caminamos entre la aglomeración. Era una noche de calor: el aire espeso e inmóvil. Finalmente logramos encontrar una mesa. Estaba cansadísimo. Ya me entraba el down. Ed se fue por las chelas, Manolo empezó a hablar con unas chavas y yo luchaba contra el sueño en un mar de chavas y cheves. Y lo que pasa es que cuando estoy cansado, no le hace en dónde esté, me empieza a dar mucho sueño. Una vez en Tijuana hasta me quedé dormido durante la lucha libre. Se burlaron mis cuates esa vez.

Decidí caminar, para que se me bajara el sueño. De repente Carmen estaba allí.

Pese a que nos habíamos despedido un par de horas antes, quería contarle muchas cosas. Hablar de ella con ella. Cualquier cosa. Las cosas que pensaba cuando estaba a punto de caer ahogado por el sueño.

Ya te encontré de nuevo, Chicanou Boy, me dijo.

La miré y se me quitó el sueño. Así de fácil.

Bueno, ¿seguimos? Carmen me preguntó. Vamos a ver qué encontramos.

TELENOVELA

To: Miss_Cuernavaca68@rocketmail.com
From: elpocho66@writeme.net
Subject: Telenovela

No sé cómo fue, pero creo que mi jefe le aventó un poco de una canción de José Alfredo Jiménez, ya que los dos eran grandes fans del Mr. JAJ. Me acuerdo de niño que cada vez que tocaban algo de José Alfredo mis jefes se ponían misty-eyed y se abrazaban fuerte fuerte fuerte. Fuerte para perder el aliento. Fuerte para volverse uno. Fuerte para tener al otro en primer plano ultra close-up. A veces hasta bailaban. Después del divorcio veía como a mi jefa todavía le afectaba su música, pero cuando se daba cuenta de que yo la miraba, me gritaba que quitara esa porquería del estéreo.

Es la música, te digo.

Pues sí, mis jefes se amaban intensely. Me acuerdo de una vez que llegó mi jefe a casa con un regalo de navidad para mi mamá. Era una caja grande. Ella la abrió y adentro, una caja más pequeña. La abrió y otra caja adentro. Este juego de muñecas rusas siguió un rato, con las cajas volviéndose más y más chicas. Mi jefa se volvía frustrada y emocionada a la vez. Mi jefe se puso a cantar algo de José Alfredo. Y al final llegó a una cajita chiquita. Cuando la abrió encontró un collar de perlas. Mi jefa se aventó a los brazos de mi jefe y lo empezó a besar besar besar. Yo también me emocioné tanto con el espectáculo que abracé a mis jefes con todo lo que podía con los brazos de niño de cinco años. Parecíamos sacados de un anuncio de Coca-Cola, uno de esos que siempre ponen durante las navidades y que ahora me hacen sentir una tristeza profunda.

I know. Soy un cursi, y qué.

Creo que sus primeros años eran así. Los dos habían dejado todo en México, pero no les importaba porque se creían una pareja bendita por el amor que tenían. Por unos años parecía que vivíamos la vida de <u>Leave it to Beaver</u>, pero en versión brown.

Resulta que no todo estaba bien en nuestro episodio de <u>Papá Knows Best</u>. Mi jefa no pudo llegar a estar contenta con el hecho de que sus sueños de matrimonio no llegaron a cumplirse. De ser la niña mimada de una familia rica de provincia mexicana, llegó a terminar como trabajadora en una fábrica donde hacían mochilas en una university town en el norte de California. Pero esa no era la ruina de mi jefa, ya que ella asumió ese rol y lo aceptó. Después de unos meses en ese jale, pudo negociar un puesto mejor en la oficina central. Y como pudo hablar bastante bien el inglés, llegó a ser una especie de traductora para los mexicanos que chambeaban allí. También empezó a ser vocera para la comunidad mexicana en la zona. Intervenía en disputas entre los trabajadores y los dueños de las fincas. Ganó la confianza de los policías locales y los médicos.

Ser chambeadora y campeona de la raza no fue su ruina. Fue mi jefe, aunque ella quizá lo negaría porque es nuestro padre.

Lo cierto es que mi padre sí diría que su ruina fue mi mamá. Según él la huida de México había sido peor. Dejó a su familia, su chamba y, como me di cuenta años después, a varias novias. Y allá en Orland le fue difícil, siempre se sentía vigilado, por los parientes de mi jefa y por las authorities con quien trabajaba mi moms. También se volvió celoso con la atención que ella recibía. Pues era la town beauty de Fresnillo, Zac. Empezó a beber más. Muchas noches mi jefa lo encontró tirado en la puerta de la casa, borracho.

Creo que su caída final empezó cuando mis jefes se encontraron con José David Salazar en San Francisco y cuando él conoció a la China, una tijuanense que vivía en Hamilton City. Era mesera en un restaurante mexicano donde mi jefe pasaba mucho tiempo. Después se empezaron a citar en su casa en Hamilton City. Todos sabíamos de ella. Menos mi jefa. A veces nos llevaba a mi hermano o a mi a Hamilton. Nunca llevó a mis hermanas. Todo fue tan simple, nos invitaba dar un paseo. Y como era nuestro jefe, claro que queríamos ir. Nos llevaba a comer unas hamburguesas a las afueras del pueblo y luego nos decía que tenía que ir por un mandado a Hamilton. Las primeras veces nos dejó en el parque cerca del centro y eso estuvo bien. Nos daba dinero para comprar un helado en la tienda. Pero después ni eso. Nos llevaba directamente a su casa. Mi hermanito no sabía qué pasaba. Se lo tuve que explicar. Los dos nos sentábamos en la sala, intentando mirar la tele, temiendo que nos comiera la tierra por haber participado en las mentiras del jefe. Empezamos a asistir a misa el domingo con la jefa. Pero cuando nos tocaba confesarnos, jamás podíamos hablar de las visitas a Hamilton.

Mi hermano empezó a inventar excusas para no ir; que tenía tarea, que tenía que practicar para un partido. Whatever. Pero yo todavía buscaba la aprobación de mi jefe y también creía, ingenuo yo, que mi presencia de alguna manera moderaba la actuación de mi pops con la China. Juraba que en vez de acostarse con ella, se la pasaban jugando dominó o ajedrez. Algo. Juraba que al saber que yo esperaba en la sala, mi jefe terminaría pronto sus sneaky, dirty things y luego nos regresaríamos a casa, él y yo. Temía que en el momento en que yo dejara de asistir a esa casa, papá se quedaría allí. Por eso me quedaba en la sala, con la tele prendida a máximo volumen, dibujando en un cuaderno que traía de casa.

Desenfocado,

D.

FACE TO THE HIGHWAY

Desierto por todos lados. Daniel en camino de Austin a El Paso. Pasó un tiempo muy agradable en Austin. Se reunió con varios amigos, fue al Dobie para ver películas, y cada noche salía a escuchar música. Alberto, quien estaba de visita, lo llevó a la parte de South Congress donde había unas tiendas que vendían cosas raras, algunas eran antiques pero la mayoría eran cosas viejas y usadas.

Un amigo se refiere a estas tiendas como los Lost and Found, le comentó cuando entraron a uno. Los Lost and Found, sitios perfectos para los que están a la deriva.

Daniel se acordó de las mañanas cuando vivían en Austin. Fue el verano antes de mudarse a New York City. Melina recibió una oferta de trabajo bien pagado en una empresa en lower Manhattan. El puesto venía con la promesa de viajes internacionales, ya que la firma tenía contactos con otras empresas multinacionales. A Daniel no le quedaba tan claro en qué consistía el trabajo. Melina le dijo que no se preocupara. Que igual no iba a entender. Law stuff, le dijo. Lo bueno es que a él también le llegó la oferta de archivista. Empezaban en septiembre, pero planeaban estar en NYC para principios de agosto. Primero les tocó dos meses en Austin donde Daniel recibió una beca de fotografía. Melina quería quedarse en San Francisco para finalizar los tramites de la mudanza, pero cuando vio que no había mucho que hacer, aceptó ir con Daniel a Texas.

TARJETA POSTAL: PAISANO PETE

Esta postal es de un correcaminos gigante, Paisano Pete, en Fort Stockton, Tx. Según el letrero, que es estilo cómic, es el correcaminos más grande del mundo. Una pareja toma fotos. Encima de uno de ellos dice: "Wow, esto sí que es un big bird." La compañera no se ríe y encima de ella: "Qué chiste tan tonto".

Tampoco se rió Melina cuando le dijiste la misma cosa. Habían parado porque a ti te encantaban las funky roadside attractions. Crazy roadside America. Cuando pasaron por Arizona intentaste convencerla de que era imperativo que pararan a ver The Thing. Pero no pudiste. Sí lograste parar en Fort Stockton porque Melina quería comprar algo para beber. Aprovechaste la oportunidad para llevarla a ver al Paisano Pete. Sacaron fotos. Ella intentando correr más rápido que el Paisano. Ella en pose de terror ante un correcaminos gigantesco que debía su tamaño a correr por una zona radioactiva. Ella riéndose que ya, ya, dejara de tomar fotos, ya. Dammit, ya. Aunque ella siempre te decía que no, al final terminaba disfrutando las locuras que le proponías. Luego ella y tú, abrazados, Paisano como mascota, en una foto tomada por un turista que les dijo que The Thing no era para tanto.

Iban rumbo a Austin, cantando rolas de los seventies y eighties, "Wildfire," "Head over Heels," "American Girl." Ella intentando convencerte de que los Doobie Brothers sí tenían sentido y tú intentando enseñarle que sí había letras para "Radio Free Europe," y que los Pixies eran realmente la banda que más iba a influir en los nineties.

Sentados en una cabina en un diner, Melina te miraba con ternura. Tenía una de tus manos en la suya. Sonreía. Afuera hacía calor y ustedes estaban cansados pero emocionados a la vez. Lo iban a pasar genial en Austin, te decía con su mirada. Era el primer paso hacia lo que les esperaba al final del verano, New York City. Los meses de estrés y de tensión por la búsqueda de trabajo, las conversaciones acerca de ir a Austin, todo estaba en el pasado. Estaba realmente contenta. Si el diner hubiera sido más cool, la música de fondo habría sido "Love Goes On" de los Go-Betweens.

Cuando volviste, hace dos años, te sentaste en ese mismo diner y respiraste hondo para sentir si todavía quedaba algún recuerdo, algún eco de Melina.

Un hombre vestido de traje negro te sacó de tus recuerdos. Te preguntó por el significado de la pintura. Habías parado allí para echar gasolina y descansar un poco, le explicaste. Caminé a Paisano Pete para tomar unas fotos con una Leica M6 usada que compré en Austin. Es todo, era simplemente una imagen que te interesaba.

El hombre no contestó y regresó a mirar la pintura, insatisfecho con tu respuesta.

EL MUNDO DE AYER

To: Miss_Cuernavaca68@rocketmail.com
From: elpocho66@writeme.net
Subject: El mundo de ayer

La época que pasé en la casa de la China fue impactante. Creo que mi pops la conoció un poco antes de que mis jefes se encontraran con José David. Mi parte ingenua todavía cree que si no hubiera sido por haberlo visto en San Francisco, que mi jefe y la China nunca habrían empezado su "cosa." Aunque la conoció antes de ese viaje, no fue hasta después que se empezaron a citar. Seguro que lo uno no tiene nada que ver con lo otro. Quizá la relación de mis jefes estaba destinada a terminar así desde que salieron de Fresnillo. Pero lo cierto es que ver a José David fue algo que detonó como una bomba química dentro de nuestra familia.

Okei, el viaje a San Fran. A mis jefes les encantaba ir a caminar por Fisherman's Wharf, subir al boat tour de la bahía y quizá ir al Golden Gate Park. Las cosas entre ellos no iban tan bien. Mi jefa, aunque ya tenía cierto poder entre la comunidad mexicana, soñaba con lo que había perdido por haberse casado con un hombre con poco dinero y, según ella, sin interés de mejorarse económicamente. Mi jefe sentía esa presión. Siempre intentaba convencerla de que la riqueza financiera no aseguraba la felicidad.

Y no es que sufriéramos mucho. Podíamos hacer viajes casi mensuales a diferentes ciudades en California y durante las vacaciones nos íbamos a Tijuana para visitar a parientes. Vivíamos en una casa con un jardín pequeño y antes del comienzo del año escolar mi jefa siempre nos llevaba a comprar ropa nueva. Claro, tampoco era la high life. Mi hermano y yo compartíamos un cuarto y la ropa que llevábamos la comprábamos cuando había rebajas, o nos íbamos a tiendas de segunda. A nosotros no nos importaba, pero a mi jefa sí.

Sobrevivíamos y a ella eso no le gustaba nada.

Cuando estábamos caminando por Fisherman's Wharf oímos que alguien llamó a mi jefe con el nombre de "Escribano." Al darse cuenta de quién era se le fue todo el color de la cara. José David Salazar. Se nos acercó y abrazó a mis padres como si hubieran sido mejores amigos de la infancia. Me acuerdo que se veía impresionante y cheap. Llevaba un traje nuevo, tenía anillos grandes en los dedos y portaba gafas de sol negras, aunque era un día nublado. También traía con él a su esposa que portaba toda la frialdad de los ricos. Lo peor de todo era que había sido amiga de mi jefa. Cuando los vio, con ese aire de mal gusto de los nuevos ricos (como ahora los recuerdo) mi jefa se quedó tiesa tiesa. Casi no podía decir nada. Intentaba cobrar su postura. Nos intentó peinar y limpiar para que nos viéramos mejor. Fue un desastre. Supongo que nos veíamos como recién sacados de los campos de arroz.

La pareja Salazar se quedaba en un hotel cerca de Union Square. Invitaron a mis jefes a cenar. Mi jefa no quería, pero mi jefe estaba intrigado. A él le dio la impresión de que los Salazar era una pareja de farsantes. Nos dejaron en un motel cerca del Wharf y se fueron a Union Square para la cena. Cuando regresaron, mi jefa estaba a punto de estallar. Aunque mi jefe contempló una pareja adinerada con gustos baratos, mi jefa solo vio la vida que había perdido.

No sé muy bien qué pasó durante la cena. Lo único que sé es que los bróders Salazar levantaron el bloqueo de Fresnillo y mis padres podían ir allá sin problema. Seis meses después viajamos con mi madre por primera y última vez. Fuimos sin mi jefe. Mi jefa se quería quedar allá, pero mis abuelos le dijeron que no, que se tenía que regresar a la casa. Lloró casi todo el camino hasta llegar a Tijuana, donde mi pops nos esperaba. No quería que él la viera llorar.

Me acuerdo que cruzamos la línea y mi jefa nunca volteó para ver el país que dejaba. Su país. Incluso no volvió a pisar tierra mexicana (not counting

California, of course) hasta después de que finalmente mandó a mi jefe a la chingada.

Años después, mi padre todavía se reía del mal gusto de los Salazar. Es que el dinero no garantiza que uno tenga cultura, me explicaba. Mi jefa opinaba otra cosa. Se burlaba de mi jefe, diciendo que con toda su supuesta cultura solo pudo llegar a ser lechero y después azucarero. Y así terminaron los dos. Odiándose en Hamilton City. Cada uno en su sitio, mi jefa en la tienda con sus comadres y mi jefe, en la otra esquina, en el bar con sus cuates.

Supongo que querrás saber de la China. Después del divorcio mi jefe se casó con ella, pero seguía saliendo con otras mujeres de la zona. Y ya que no tenía la vigilancia de los parientes de mi jefa, hacía lo que le daba la gana. Fucking up his own life con toda su inteligencia.

Hay batos así, ¿sabes? Creo que tendrán algún gene que los lleva a la autodestrucción. No saben lo que tienen hasta que es demasiado tarde. Para mí, mi jefe fue mi modelo de como no ser papá. A la misma vez, siempre tuve el temor de que podría salir igual a él.

Desapercebido,

D.

HOY YA NO SOY YO

Dazed and confused en Texas, sweet Texas. El Paso. Daniel pensó en el mensaje que le escribió a Carmen. Pensó en Vanessa. Todavía no estaba seguro cómo seguir con esa historia. Vanessa le dijo que había salido con un guy que la amaba tanto tanto que ella llegó a desaparecer. El guy había construido una imagen tan perfecta de ella que hasta Vanessa se la creyó. Y se dio cuenta de que ella ya no existía. Por eso decidió dejarlo. Goodbye bato. Y ella se fue.

Según le contó, fue fácil. Decidió mandarlo a la chingada y su fue on the road.

Miro las libretas en el estante. Negra. Negra. Negra. Negra. Roja. Negra. Negra. Negra. Saco la última y sale un papelito, doblado. La abro y me sorprendo porque esta vez las letras no están borrosas. Aunque al reconocer la nota, deseo que también estuviera ilegible.

Era la nota donde Vero me decía que me dejaba. Llegué a casa para encontrar que ya no estaban sus cosas. La nota la dejó en el centro de nuestra cama. En su letra precisa escribió "¿Fue aquí? ¿Fue aquí en nuestra cama?" No había nada más. Sabía todo lo que implicaba. Me senté en la cama.

Salgo al patio para ver la noche. No soy un bato malo. Eso creo. Siempre he sido fiel a mis parejas. Siempre. Pero un día llegan unos ojos oscuros y te miran intensamente. Y estás molesto porque te han dejado solo por unas semanas. Y te acuerdas de lo que te dijo un amigo: Nunca pensé que haría eso a mi pareja, no quería ser ese tipo de hombre. Pero luego pasa, y te das cuenta de lo fácil que es.

Me dan unas ganas de saltarme el tiempo, salirme de esa casa construida de ecos y regresar al momento antes de que Luisa me mirara directamente a los ojos y me invitara a tomar algo en el centro.

LA CAÍDA

Acostado en el sofá que miraba al patio, noté el poster que colgaba en una pared. Una rueda de la fortuna. Me acordé de la noche en que fuimos Melina y yo a la feria del condado.

Había llegado temprano a la feria y me preguntaba si tenía tiempo para regresarme a casa porque se me había olvidado una chaqueta. En eso estaba cuando la vi acercarse con una sonrisa grande.

Silly chico, me dijo. ¡Qué bien que me tienes a mí aquí! Se te olvidó tu chaqueta! Ya sabía que se te olvidaría, aquí te traigo la que dejaste en mi carro.

Uy. Contesté. ¿Dónde tendré la cabeza? Seguro en la revolución de masas.

Weirdo. Vamos pues, ¡me prometiste un paseo en la rueda de la fortuna!

Caminamos entre los olores de los corndogs, el popcorn, el cotton candy, las hamburguesas, las pizzas y las cantidades de comida frita, hasta llegar al ferris wheel. Melina empezó a adelantarse y pude admirar el vaivén de su andar, como sus pasos hacían mover ligeramente su falda, y me sentí afortunado y dispuesto a seguir esos pasos hasta el final. Nos subimos a la rueda de la fortuna. En la cima del recorrido la máquina se paró y nos quedamos arriba, encima de todo el mundo. Miramos las luces del midway. Los paseos de la gente por entre los juegos y la comida. Los carros que salían y entraban al estacionamiento.

Bueno, le pregunté. Ya que te tengo aquí. ¿Me permites hacerte unas preguntas?

Estaba nerviosa, pero intentaba disimularlo. Sonrió.

Okei. Pregunta number one: paper or plastic?

Lo pensó un momento y preguntó: ¿de qué color es la bolsa?

Why is that important?

Es que, bueno, look. No me gusta el color naranja. Y si es una bolsa de plástico anaranjada, prefiero paper. Pero si la bolsa de papel tiene un dibujo —

Una Halloween pumpkin, por ejemplo. Interrumpí.

Yes. Una calabaza de Halloween. And then prefiero plastic.

Hmm. Okei, question two: disco o folk music?

Mi dear. Disco. Always. ¿Tú?

Disco, también. Pero si fuera entre disco o punk rock, entonces punk.

Hmm.

Question three: completa la frase, me caí de...

¡Del ferris wheel! Te lo juro que si no vuelve a funcionar en diez segundos que me aviento.

No, mi dear. No me hagas eso. ¿Qué les diré a tus padres entonces? Estimados parents of Melina que todavía no conozco porque su hija me tiene vergüenza—

Hey!

—Porque no sabe como presentar a este espécimen de bato a ustedes. Estimados parents of Melina, su hija, linda por cierto—

You better believe it, o serás tú el que se caerá de esta nube.

¡Correcto dear! ¡Me caí de la nube! Anyway, dear parents: su hija, la querida Melina está en múltiples partes del suelo de Northern California. Cayó como Coyolxauqui, diosa de la luna, después de que su bróder la haya empujado del templo...

Hmm, no sé qué te dirán. Son un poco anti-Azteca mis folks. ¿Sabes?

Seguimos cotorreando así, mientras esperábamos que arreglaran la rueda de la fortuna. Vimos a las otras parejas que también esperaban. Uno empezó a mecer la silla para espantar a su chica. El resultado no fue terror sino furia y le lanzó una serie de insultos que el tipo no sabía dónde meterse de la vergüenza. Melina me miró y alzó la ceja.

Don't even think about it, me dijo esa mirada.

Fue allí que me di cuenta de que nuestra relación que hasta ahora iba sin rumbo fijo, entraba a una etapa nueva donde estábamos los dos comprometidos en armar una relación junta, de pareja. Allí encima del midway, de la gente, de los olores, de la tierra. Allí, junto a la luna, a las estrellas. Allí, como parte más del cielo, allí en las nubes. Y cuando comenzó a funcionar la máquina de nuevo, quise que se volviera a parar. Nunca quise caerme de esa nube que ella me ofrecía.[27]

---

27 Dejo de ver el monitor. Es que ya no puedo. Cierro los ojos y me acuerdo de Vero en Marrakech. Con su sonrisa grande y la cámara en mano. Me toma fotos. Intento sonreír, pero estoy aterrorizado. Un marroquí me abraza y me murmulla, me dice que necesito estar calmado, que sus amigos no me van a hacer nada. Miro a Vero. No está cerca, no quiere. Me toma fotos. El marroquí me cuelga uno de sus amigos en los hombros, es una culebra gigantesca. En la foto no se ve tan grande, pero en mi recuerdo, lo veo como del tamaño de un autobús. Frente a nosotros, encima de una alfombra roja, hay tres cobras que me miran directamente. Miro a Vero que me dice que ya estufas, que ya, que me quité de allí. No sé cómo lo hice, pero pude salir de allí con vida. Más tarde, en camino a nuestro hotel, Vero y yo nos reímos a carcajadas y me dice que se siente tan segura a mi lado. So safe, me dice, so so safe. Domaste a todas esas víboras ¡eres más macho que Indiana Jones! Mi amor, le recuerdo, Indy temía a las víboras. Sí, ya sé, me dijo. Y me abraza más fuerte.

MENSAJE NO ENVIADO

Tú with a raging spiral corazón:
¿Te acuerdas cómo nos escribíamos?

Empezaba a viajar a distintos sitios y tú viajabas por trabajo. Nos escribíamos tarjetas postales. Cuando yo viajaba, te quejabas de mi nomadismo singular. Te contestaba que deseaba que fuera plural, pero nunca quisiste. Too busy, me explicabas. Pero aún así, te consideraba mi partner de viaje. Eras mi guía. Lo habías sido en las noches cuando salíamos a recorrer las calles de la Misión, del Castro, del Sunset. San Panchito, me decías, San Panchito with you. Y subíamos al Palace of Legion of Honor por la noche para caminar entre la niebla, o brincábamos entre las ruinas de los Sutro Baths. A veces nos sentábamos para ver el mar, comentabas sobre los contenedores que entraban a la bahía, intentabas adivinar de dónde venían y qué contenían.

Y cuando viajaba solo, todavía te cargaba como guía. Cuando iba al cine y veía una muvi buenísima, me enojaba porque no la había visto contigo. Igual pasaba con cada cosa que me impresionaba. Y me enojaba más porque sabía que no ibas a querer ver la muvi que ya había visto o pasar por esas cosas que me habían impresionado. Tú querías tener nuestras experiencias. No querías las mías.

Y te entendía, pero todavía me sentía mal.

A veces cuando me iba a dormir repasaba nuestras caminatas juntos, en tus manos, tus labios. Repasaba tu cuerpo para poder tenerlo a mi lado.

Nunca quise estar sin ti.

Y cuando me dijiste en Madrid que íbamos a ser padres, no sabes lo contento que me puse. Juré que sería la mejor pareja, el mejor padre. Pensaba en nuestra vida como familia. Paseos al parque. Helado en las noches de verano. Viajes a otras ciudades donde combinaríamos trabajo con visitas a museos para niños. Vacaciones en la playa. Claro, esa era la vida que no quería, una vida de ocio. No crecí así. Hasta conocerte a ti, no sabía cómo sería una vida así. Pero con un hijo o una hija, pensé que eso sería lo mejor. Estaba dispuesto a darle todo.

Nunca quise terminar como esas parejas que se ven en el mall, cada uno mirando a todas partes menos a su pareja. Por eso siempre cuando salíamos, te buscaba con mi mirada. Sin embargo, parece que al final mi perspectiva no pudo abarcar tanto.[28]

---

28 En un cajón encontré un cassette. Lo llevé al estéreo y puse Play. Mi voz salió por las bocinas. <<Vero. Vero, please. Believe me. Fue un error. Vero. Vero, please. Fue solo una vez. Please, Vero, please.>> Era el principio de uno de los tantos mensajes que le dejé en la máquina. Creo que fue uno de los últimos. No quise escuchar más. No quise llegar al punto donde perdí la paciencia y le empecé a gritar. Terminé llorando. Saqué el cassette y lo aventé al desierto. Dos meses después, lo encontré en el mismo cajón. No lo volví a escuchar.

III: ROLAS PARA UN ADIÓS

It is just as reasonable to suppose that I have also met the woman whose beauty stunned me most and whose loss wounded me most.

—Jean Baudrillard

TRAVEL

Se mudaron a Madrid a principios de agosto del 2001. Daniel no había estado allí desde el verano del '95 cuando pasó de mochilero desde el norte de Europa hasta la península Ibérica. Llegaron en un vuelo de Continental. Le habían dicho a Melina en la empresa que sólo necesitaría estar un mes y medio en España. Dos meses máximos. No estaba tan emocionada con la idea, pero sabía que podría ser una buena manera para un futuro ascenso. Daniel pidió un semestre de baja y se fue también. Luego consiguió impartir un curso sobre el arte chicano en la universidad de Alcalá de Henares. Pensaban que un cambio de ciudad les sentaría bien.

Cuando arribaron, Madrid parecía abandonada. Las vacaciones de agosto. Al principio a ella no le gustaba vivir allí. Hacía demasiado calor, la ciudad le parecía muy fea y le faltaba la energía de su querido NYC. Hay ciudades así. Ciudades que no se dejan querer a primera visita. Ciudades a las que cuesta encontrarle el chiste. Si no hubiera sido por Carmen, a Daniel le hubiera pasado igual con la capital. No era como Barcelona, o como París, o como Estambul. Ciudades que te envolvían, que te abrazaban. Había un flow allí, se notaba en como la gente se movía por la ciudad. En cambio, la primera vez que llegó a Madrid, pensó en la geometría rara que seguía la gente, los pasos rápidos y los cambios bruscos; la manera seria y firme con que lo trataban en las tiendas, como si fuera una molestia. Todos caminaban determinados a ganar alguna carrera imaginaria. En ese aspecto le recordaba a Manhattan. Pensó que a Melina le gustaría la ciudad por eso. Pero al principio sólo le hizo echar más de menos a New York.

Para que conociera, la llevó al barrio de La Latina donde pasaron una noche de marcha —What? Le dijo cuando le propuso que fueran a tomar cañas. ¿Les dicen qué a las chelas?— por las calles de las Cavas, Alta y Baja. Luego la convenció que caminaran hacia Malasaña donde pasaron por varios bares. Después de esa noche, parecía un poco más entusiasmada con la ciudad.

Los atentados casi arruinaron los esfuerzos de Daniel. Cuando volvieron a su piso en Madrid después de un par de semanas en Ámsterdam, al ver la foto que tenían en el refri de los dos parados en el mirador del Empire State con las torres al fondo, empezó a llorar. Y cuando tuvo que regresar al despacho de la torre Picasso —una versión en miniatura de las torres gemelas— tuvo un ataque de nervios. La llevó a bailar a un club de salsa, los dos bailaban muy mal y siempre se ponían a reír con sus malos pasos. Luego fueron a un kebab, lo más cercano a las taquerías. Esa noche terminaron dormidos en la sala, borrachos con las cañas y los cócteles que se habían tomado por el camino.

Poco a poco Melina se acostumbraba. A los tres meses, después de resignarse al hecho de que estaban en España por tiempo indefinido, decidió ajustar su vida al nuevo contexto. Los viajes de trabajo seguían, sobre todo a Ámsterdam donde en un momento pensaron que los mudarían. Pero al final se quedaron en Madrid ya que Melina se daba cuenta de que le gustaba la ciudad y estaba contenta. Y cuando salió embarazada, le gustó más. Pensó que aunque su compañía quisiera que regresara a Nueva

York, lo mejor era que se quedaran allí. Se ilusionó con la idea de tener un hijo en Madrid.

Y por un tiempo todo funcionó. Les encantó el apartamento que les consiguió la empresa en la calle de Miguel Ángel. Pese a que a Daniel le parecía un poco lejos de las zonas por donde antes rolaba —La Latina y Lavapiés— a Melina le quedaba cerca del trabajo. El apartamento era bastante amplio, tenía una habitación que usaban como despacho y otra donde dormían. Tenía una terraza bastante grande y por las tardes se sentaban a tomar algo y a mirar el cielo de Madrid. Siempre impresionaba.

CUANDO TÚ ME QUERÍAS

A mí me gustaba mucho la ciudad. Cuando vivía en Madrid me encantaba caminar por la mañana. Melina se iba temprano a la torre Picasso —después del atentado en lower Manhattan irse a trabajar a esa torre diseñado por el mismo arquitecto le daba cosquillas— y pasaba las horas en reuniones y conversaciones sobre cuándo se volverían a abrir las oficinas de New York. Cuando ella se iba —la empresa le había dado un chofer pero a veces prefería tomar el metro y caminar de la parada del Bernabéu al despacho— yo salía a comprar el periódico y luego a tomar un café por el vecindario. A veces caminaba a la Biblioteca Nacional donde trabajaba un par de horas, otras veces me iba a leer a la plaza de Olavide — la plaza del Olvido, como la llamaba Melina. Algunos días me iba a callejear por Chamberí, Chueca y Malasaña, donde tomaba fotos de gente y edificios. Una vez a la semana me iba en el tren de Cercanías a Alcalá de Henares.

Los meses que vivimos en Madrid fueron de una felicidad casi pletórica. Nos habíamos escapado de un doble desastre: el silencio que rodeaba nuestra relación y el trauma de vivir de cerca de las torres. Recuperamos allí lo que creíamos haber perdido y nos sentíamos de alguna manera dichosos. De noche salíamos y disfrutábamos de lo que nos ofrecía la ciudad. Una noche a mediados de febrero, después de una fiesta de Carnaval con amigos en un bar en Malasaña, regresamos a pie al apartamento a las tres de la mañana. Llovía ligero, pero las calles seguían repletas de gente en disfraz. La ciudad estaba de fiesta. Melina me comentó que una de las cosas que más le gustaba de Madrid era que se podía encontrar más gente en la calle a las tres de la mañana que a las tres de la tarde. Cerca de Alonso Martínez nos encontramos con un grupo vestido de estudiantina, junto a ellos había un monje franciscano y una monja. Si no fuera por el hecho de que la ella vestía medias de malla, y que todos estaban borrachos, habríamos pensado que eran en realidad una estudiantina con un monje y una monja. En la Glorieta Rubén Darío nos encontramos con otro grupo guiando una antigua bicicleta gigantesca. Entre ellos vimos un Batman. Al entrar al apartamento Melina puso la rola de los Specials, "Friday Night, Saturday Morning" mientras yo preparaba el café que siempre tomábamos antes de irnos a dormir.

Cuando llegué a la sala con los cafés, encontré a Melina con cara de sorpresa. En la mano tenía un palillo de plástico. El test del embarazo que había comprado ese día. Me miró y me mostró lo que indicaba la prueba. Luego puso la mano en la boca y empezó a reírse y luego a llorar.

Cuando vi que era positivo, también me puse a llorar. Nos abrazamos y empezamos a saltar de alegría. Tomé las dos tazas de café y me fui a la cocina.

Ya no hay café, le dije.

ANYTHING COULD HAPPEN

Daniel despertó de una siesta. El sol entraba por la ventana y le quemaba los pies. Levántate pinche Cuauhtémoc, le decía. Levántate Pochito.

Había soñado que estaba en Austin con Melina. Caminaban por el vecindario que quedaba al lado de la universidad. Hablaban.

¿Por qué nunca me dijiste?

Es que no sabía cómo.

¿No sabías cómo? ¡Si soy tu chica! Deberías saber cómo.

Es que. Es que... No sé.

Delante de ellos caminaban dos estudiantes. Uno le decía al otro, No way, man! ¡No te imaginas lo cool que fue! Este dude ¡cargaba una Pixel Vision. ¿Te acuerdas de ese juguete de Fisher Price? Era una cámara de vídeo que grababa en una cinta de cassette! ¿Te imaginas? A fucking audio tape! Y la calidad es malísima, pero super cool... So, este dude está grabando en el Continental y hay una banda—

¿Qué están tocando?

What? Oh, eh. Es un cover, están tocando una canción de the Clean. Creo. But wait, ¡eso no es lo freaky! So, te decía—

¿Qué canción de the Clean?

Uh...creo que fue "Anything Could Happen." ¿La conoces?

Melina miró a Daniel.

Pero, dude, ¡deja de interrumpirme! Check it out. So, está este man grabando en el bar. Y hay mucha gente, creo, pero la verdad es que tampoco se puede ver tan bien. Es que la calidad de la imagen es malísima—

¿Qué más esperabas de un vídeo grabado en un audio tape?

Cierto. Ok, so anyway. La cámara se acerca al bar y hay una chava. Y se me ocurre que maybe tal vez me suena. Pero sabes, la calidad es mala. So, I could just be making shit up. Pero no, la chava se da vuelta y mira la cámara. Y.

¿Y?

Melina y Daniel los pasaron. Ella miró a Daniel y le preguntó lo mismo, ¿Y?

Detrás, escucharon que el que contaba la historia decía, "Era ella. Ella. Man. Después de tantos años. Julieta." Daniel se paró de repente.

Y se despertó.

Estaba acostado en el futón de la habitación de visita de la casa de Carla y Matías. En la sala oía a Carla buscando entre los cassettes de música. Y luego escuchaba que ponía la rola de the Clean, "Anything Could Happen."

EN REMOLINOS

To: Miss_Cuernavaca68@rocketmail.com
From: elpocho66@writeme.net
Subject: En remolinos

Quick, quick, rolas que te hacen recordar alguna relación. Primero te doy la lista de rolas y luego te las cuento una por una. Aquí te van (en ningún orden):

"En remolinos," Soda Stereo.

"Wild Love," Chris Isaak.

"Detrás de ti," Caifanes.

Okei, número uno.

1. "En remolinos." ¿Te acuerdas cuando terminamos en esa fiesta en casa de tu amigo Paco? Tenía esa música pop española que nos sacaba de onda. Los españoles bailaban su flamenco pop y luego ponían Mecano y Miguel Bosé. Y después, claro, alguien puso esa rola de los Refrescos, la que cantaba, "Vaya, vaya, aquí no hay playa." Y dijimos: pos no, estamos en Madrid. En fin. ¿Y te acuerdas cuándo salimos después de juerga? Anduvimos por la calle cantando algo de Soda Stereo cuando nos encontramos con los latinoamericanos que iban a otra fiesta. Esa noche me di cuenta de lo fun que era Madrid desde la perspectiva del extranjero. En el verano del '93, cuando trabajaba en Tijuana, fui a visitar a unos tíos en Mexicali. Demasiado calor. Me pasé la mayoría del tiempo en el patio, pisteando con mis primos y quejándome del foquin calor. Escuchábamos unos cassettes que un cuate mandó del DF. Entre ellos estaba el nuevo disco de Soda Stereo, *Dynamo*. Me clavé con la rola, "En remolinos." Después relacioné esa rola ya no con beber chelas con mis primos en Mexicali sino con una turca que me revolvió el corazón: Edaa Coban. Su

familia era de Izmir, pero ella nació en Istanbul. Se parecía un poco a Kate Winslet, cabello casi rubio, ojos verdes. Una chica bella. Y lo malo es que lo sabía. Super high maintenance. Nos conocimos en un evento en San Francisco a finales de agosto del '94. A los dos meses casi vivíamos juntos. A los tres nos peleábamos por cosas tontas y me regresé a mi estudio en la Mission District. A los cuatro me llamaba para que pasáramos juntos la noche. Al día siguiente me sacaba de la casa a gritos. Dos días después me llamaba de nuevo. A los seis cambié mi número de teléfono porque empezaba a acusarme de perseguirla. A los siete meses pedí suspender mi programa de MFA y me fui a Noruega porque no me dejaba en paz. Me escapé a Oslo porque me dijo un amigo que me podía conseguir chamba de taxista. Eso duró un par de meses hasta que me cansé y decidí viajar al sur, a España. Chambear de chafirete no fue fácil. Esa fue la vez que te conocí, mi dear.

El breakup con la Edaa fue terrible porque nunca quería terminar. Me decía goodbye para siempre, pero después me llamaba a pedirme perdón. Cada vez que intentaba alejarme, me seguía de nuevo.

Pero no la culpo. Ahora. Antes sí. La culpaba por todo. Por una pintura que no me salía. Por una mañana de lluvia. Porque mis Rice Krispies dejaron de hacer "Snap, Crackle, Pop." Por todo lo que me salía mal. Qué tonto, ¿no? Más bien pendejo.

¿Te digo por qué finalmente terminamos Edaa y yo? Alguien le dijo que había salido con otra chava al principio de nuestra relación. Una mentira. Tomó las noticias súper mal. Me empezó a gritar en la calle, me insultó, me acusó de muchas cosas. Todo fue tan ridículo. Me reí a carcajadas. No podía parar, me salieron lágrimas de la risa. Y claro, ella se enfureció mucho más. La dejé parada en la esquina, gritando de rabia. Una semana después, estaba en mi apartamento trabajando y escuchando *Dynamo*. Y sonó el fono. Era ella. Qué me quería ver. No fui. Salí esa noche con una chava que ella odiaba. Je, je, je.

Lo malo es que dejé de escuchar "En remolinos" por mucho tiempo.

Ahora, una confesión.

Miss C, ¿te digo la neta? Estoy clavado todavía en mi waifa. La neta. God's truth y todo. ¿Y cómo no? Es una chava que me costó trabajo ligar, la neta. Y me costó mucho trabajo estar con ella. Lo admito. Ella no es fácil. Pero cuando me ve con esos ojazos. Pero cuando la veo entrar por la puerta del apartamento. Pero cuando despierto a su lado. Lo admito. I'm guilty. Sigo clavado.

Sé que no debería pensar en esto. Pero te digo la neta, he pasado noches en que solo puedo pensar en ella. Hace unas noches estuve en un bar (of course) y vi a una chava sentada en la barra. No me acerqué, era obvio que quería estar sola. Y la verdad es que yo quería lo mismo. Me pareció que ella cargaba sobre su cabeza las autopistas del Southwest; que llevaba como yo, caminos en la mente.

En camino,

D!

CAE LA NOCHE FRONTERIZA

Matías y Daniel sentados en un Sanborns en Ciudad Juárez a las tres de la mañana.

Qué bien que Carla no vino con nosotros, dijo Daniel.

Matías estaba de acuerdo. Una noche bien freak.

Salieron a Juárez para cenar con un grupo de teatro en un restaurante aparatoso. Estilo northern Mexican cowboy. Después fueron de tragos con Lalo y Hugo. Querían ir a un table dance que conocían. Al entrar, Hugo desapareció con una chava vestida como Madonna época *True Blue*. Los otros se fueron al bar. En la tarima bailaba una chica vestida de guerrillera, con pasamontañas negro y portando una ametralladora de plástico. Llevaba pantalones cortos verdes y una camiseta negra rota con una estrella roja. Tenía un cinturón de granadas. Giraba aburrida al ritmo de la típica rola trance.

Los tres en la barra estuvieron de acuerdo en que:

1. la day job de ella era trabajar de financial manager en una mega-corporación con oficinas en New York, Londres, Tokio y ciudad Juárez.;

2. estaba aburrida porque a la vez que se meneaba, pensaba en los mercados internacionales;

3. su look de ciber-zapatista se debía a sus sueños de efectuar cambios institucionales desde el inside de los mercados globales;

4. ¿qué mejor sitio para empezar con ese cambio que en un strip club fronterizo, sitio de perdición donde se reunían banqueros, vaqueros, gringos, chilangos,

locals, narcos, políticos, coyotes y oficiales de la migra?

La chica en la tarima empezó a apuntar y disparar. Salían burbujas de jabón. Se quitó el cinturón y lo aventó hacia la barra, casi le pega a Lalo. Luego se quitó la camiseta, rompiéndola con un estirón. Los pantalones cortos parecían hechos por una compañía de Hollywood, con solo arrancar una parte se soltaron completamente. Casi desnuda empezó a acercarse al público. Los que intentaban agarrarle las nalgas recibieron un disparo de la ametralladora. A un tipo gringo que estaba de noche de juerga con sus amigos lo agarró por la cabeza y lo puso entre sus pechos.

Plástico, dijeron Matías y Daniel al mismo tiempo.

La última prenda que se quitó fue el pasamontañas. Ya desnuda se paró en el centro de la tarima y con los últimos acordes de la música se arrancó la máscara.

Se apagaron las luces.

La revolución no será en la tele, comentó Matías. Será bailada en tarima.

Durante el break, las chicas salieron entre el público para ofrecer bailes privados. Tres se acercaron, pero ni Matías ni Daniel mostraron interés. Decían que el del money era Lalo. Las tres se fueron hacia él. Lalo se encogió de hombros y terminó con una chica vestida como Selena.

Matías y Daniel se fueron a una mesa con sus bebidas. Se les acercó otro tipo, pidiendo un cigarrillo. Ninguno fumaba. El tipo se quedó con ellos. Había sido vendedor de maquinaria en el caribe, tenía socios en Las Bahamas, la República Dominicana y en Yucatán. Les contó de la casa que tenía al norte de Cancún. Chingona, con la selva en el patio y vistas al mar. Cuando empezó a hablar de sus contactos con los narcos,

Daniel intentó cambiarle de tema.[29] Comentó que estaba en un viaje que terminaba en Tijuana. El tipo se puso contemplativo.

¿Qué ciudad es más violenta, Tijuana o Juárez?

¿Cómo?

¿Es Tijuana más violenta que Juárez?

Matías no quiso entrar en la conversación y Daniel pensó que no le haría mal un table dance personal en ese momento.

Sin esperar respuesta, el tipo opinó: Juárez.

Les dijo que había más muertos semanales en Juárez que en Tijuana. Que había vecindarios donde uno tenía que entrar escoltado con un pequeño ejército. Si no, no saldría vivo. Que él, gente de negocios, tenía un coche blindado y tres escoltas gorilas. Les contó de secuestros, de balaceras en las calles, de cuerpos encontrados en callejones. Les dio la impresión de que todo el mundo iba armado.

Después.

Matías y Daniel en Sanborns. Matías comentó agitado, ¡en ningún momento ese cabrón habló de las mujeres asesinadas en esta ciudad![30] ¡Qué freak!

Era verdad.

El tipo solo les relató de los narcos. Fue surreal el asunto, un city pissing contest. Daniel especuló sobre la chica de la ametralladora. ¿Qué seguridad tenía ella? Empezó a pensar en Melina dormida sola en el apartamento de Nueva York, en C en San Francisco.

Intentaron reírse del incidente. Pero sabían que no podrían del todo.

---

29 Es bien sabido: es un tema que no se toca en un antro fronterizo.

30 Había señales pintadas en todas partes. En postes de luz, en las paredes, en las esquinas: cruces rosas. Marcaban la ausencia de las que alguna vez estuvieron presentes.

Cuando cruzaron la línea para regresar a El Paso, Daniel miró la macrobandera mexicana que sobrevolaba la línea en el parque del Chamizal. This is México, decía al otro lado. Aquí México. Allá, USA. Y mientras Matías conducía a casa, Daniel siguió mirando la bandera, la manera que se despedía de él como alguna vez despidió a gente como sus jefes, condenándolo a él y a sus hermanos a tener una identidad bífida, con un pie en cada lado de la frontera.

La ilusión termina en la línea, pensó.

¿Sabías que Julieta vivía en Tucson? Matías preguntó. Daniel siguió con la mirada hacia la frontera. Seguro que ella estaría contenta de verte. Si quieres, te doy su número.

Después de un largo silencio, Daniel contestó que sí quería el número.

CABLES

Eslabón con eslabón. Así dormían los dos, conectados. Julieta y Daniel. Daniel alzó la vista y se encontró mirando la ventana de su apartamento de Chico. Miró a su lado. Al cuerpo dormido de Julieta. A la manera en que su mano, todavía sin despertar, buscaba la de él. Eslabón con eslabón.

Se acordó de cómo se conocieron. Había sido contratado como dj por una de las residencias de estudiantes. Estaba allí, en la consola, mezclando música para una fiesta que resultó ser más exitosa de lo que pensaba. Jane, quien la acompañaba y ayudaba con el control del sonido, comentó que era la fiesta más concurrida que había visto. Daniel no contestó. Estaba nervioso. No le gustaba estar frente a tanta gente, prefería estar en el estudio de la radio, solo frente a la consola poniendo canciones. Lo único que le gustaba de trabajar en fiestas era que le daban de beber gratis, aunque esa noche no había nada de bebidas alcohólicas.

Pinche fiesta sin bebida, seguro que nadie vendrá. Le comentó a Jane cuando llegaron a armar la consola.

Pero no, llegó mucha gente.

Para no ver a la gente, Daniel puso una multitud de vasos frente a él para esconderse detrás de la consola.

¿Qué traes contra la gente?

Nada. Nada…. me ponen nervioso.

En un momento cuando Jane estaba bailando, una chica se acercó para decirle que le gustaba mucho lo que estaba tocando.

Daniel no la oyó.

La miró y pensó: otra chica con quien no voy a poder hablar.

Julieta lo miró y pensó: ¿qué traes, chico? ¿No me oyes?
Y así fue. Un diálogo en que no se decía nada.

Finalmente ella le tocó el brazo. Me gusta mucho la música.

What? Oh… gracias. La miró un instante y se volvió avergonzado a su caja de discos, buscando un remix de the Cure que ya tenía listo en la consola. Pretendía que buscaba algo para no mirarla.

Después puso "Two Hearts Beat as One," de U2.

Julieta insistente. Seguía allí hasta que finalmente decidió salir.

Cuando Jane tomó el control de la consola, Daniel salió para tomar algo de aire. Se encontró con Julieta. Empezaron a hablar.

Cerró los ojos.

Cuando los abrió de nuevo, se dio cuenta de que había sido un sueño. Se hundió en las sábanas y cerró los ojos. Se acordó de su ida, de los meses que estuvo deprimido, de cómo su cuerpo entró en autopilot, en Survivor Mode.[31]

---

31 Antes de que viviéramos juntos, vivía en una casa con un árbol grande en el patio trasero. De una de las ramas colgaba una soga. No sé por qué estaba allí. A veces cuando lavaba los platos, miraba por la ventana y la veía moverse en el aire. Cuando me bajaba la depresión, la miraba con cuidado. A veces me preguntaba si podría soportar mi peso. Vero fue la única persona a quien le confesé estos pensamientos. Una tarde volví a casa y me estaba esperando. Me llevó al patio y me mostró el árbol. La soga ya no estaba. Se había trepado a las ramas y lo cortó. <<Ya no tendrás pensamientos pendejos.>> Me dijo.

CIUDADES

Madrid era una panacea. Pensaban que allí podrían salvar el matrimonio. Pero Daniel ahora se daba cuenta de que fue ingenuo Ya no creía que una ciudad pudiera ser sitio de salvación. En Sanborns, Matías le había dicho que ya no le interesaba el primer mundo. Las grandes ciudades globales no eran más auténticas. La gente verdadera no vivía en Paris. No era más real la vida en Londres. Prefería el Raval de Barcelona al Eixample, Tepito a Polanco, East L.A. a Santa Mónica. A la mañana siguiente, Daniel seguía pensando en esto. Y se daba cuenta de que después de Madrid, sus peripecias lo llevaron a ciudades excéntricas: Estambul en vez de Paris, la ciudad de México en vez de New York City.

Mientras preparaba su maleta con el recuerdo de Julieta y su etapa de Survivor Mode en la mente, oía a Matías contarle a Carla lo de la noche anterior.

Todo esto pasó, todo esto pasa, todo esto pasará. Se dijo a si mismo.

SLAM

Una noche de fiesta con colegas de Melina.

Llegamos tarde al apartamento de uno de los partners de la empresa que había organizado la reunión. La demora no fue porque queríamos ser fashionably late. Tuvimos otra discusión. Grande. Estuve a punto de irme, empacar mis maletas e irme. Decidí salir a caminar. En mis momentos de máxima frustración se me caía la cuidadosa fachada de ser una persona urbana que hablaba pestes del campo —tanto cielo, tanto aire puro—y me volvía el country boy de mi juventud. Me fui un rato al parque para calmarme. Quería evitar la aglomeración urbana. Miraba pasar los carros. La llegada del atardecer. Los tintes de cobre que lucían las pequeñas nubes.

Cuando volví al apartamento, Melina estaba casi lista. Se portaba como si no hubiera pasado nada. Las palabras venenosas aventadas por la ventana, olvidadas. Pero yo todavía las sentía. Llenaban la casa. Me daban dolor de estómago. No me dejaban dormir. Hacían un constante white noise que quedaba al fondo de todo lo que nos rodeaba en el piso. Muchas veces pretendía no escucharlas. Pero llegaban los momentos en que no podía más y me llevaban a salir de casa e ir al parque.

Llegamos a la fiesta. Fue en el apartamento gigantesco de Patrick Tisdale, en el upper East Side. Era el senior partner del bufete y en su casa el señor Tisdale tenía una habitación especial llena de monitores por donde paseaban constantemente los índices de los principales mercados mundiales. En el centro se instalaba el señor en su escritorio de madera oscura, cara y seguro de algún árbol a punto de la extinción. Desde allí Tisdale vigilaba todo. Su control room parecía más de la NASA y la única vez que pude entrar allí estuve a punto de hacer un chiste preguntándole desde cuál monitor se controlaba el telescopio Hubble. A su despacho iba en una limusina que lo dejaba en el financial district. Y la limusina también estaba repleta de monitores y teléfonos móviles. Cada vez que veía a Tisdale, su mirada fría me recordaba mi juventud de hijo de inmigrantes pobres: entre nosotros había un abismo que nunca podríamos cruzar.

Helena Tisdale nos saludó en la entrada con toda la fría cordialidad de alguien en su posición. Nos encontramos con otros colegas de Melina. Hicimos la ronda, saludando a todos, parando a hablar con los más importantes y siempre con el ojo para ver si había otra persona más importante con quien hablar. Me agobiaba todo ese chou. Miraba más bien al bar, calculando cuán rápido pudiera llegar y a quiénes pudiera evitarles el saludo.

Me escapé un momento y me fui directo al bar que quedaba al lado de la terraza. Mi plan era pedir un agua mineral e irme a la terraza para contemplar el suicidio. Muy para la desgracia de Melina, cada vez que íbamos a fiestas de la empresa nunca tomaba bebidas alcohólicas. Era mi pequeña manera de protesta, aunque me costaba mucho. Entendía que la mejor manera para aguantar esas reuniones terribles era emborracharme: hacer que todo se volviera fuzzy e indefinido.

Pero no lo hice. Pedí mi agua y me fui a la terraza. Era algo que siempre hacía en casa de los Tisdale. Miraba desde el penthouse hasta Madison Avenue y pensaba en qué tipo de mancha dejaría en el asfalto.[32]

Estaba en eso cuando se me acercó Rebecca Barrymore, la mujer de James. Me susurró al oído, Go for it, cariño. Sabes que yo te seguiré.

Rebecca odiaba esas reuniones tanto como yo. Pero ella, como yo, nunca haría nada para perder la forma. Todos teníamos nuestros papeles. Los seguíamos a la perfección.

Nos quedamos hablando en voz baja, aunque nadie estaba cerca. Mirábamos hacia el penthouse, a la gente de la fiesta. Comentábamos quiénes tenían líos amorosos, quiénes ocultaban una vida secreta, quiénes intentaban escalar a la cumbre de la empresa. Era lo que más le gustaba a Rebecca. Los chismes.

Look, see him?

Y yo miraba hacia donde apuntaba con la mirada.

That's Önur. Just arrived from the Istanbul office.

Me dijo que había empezado a tirarse a la secretaria de Kevin, uno de los directores.

You mean, Karen? ¿La pelirroja?

Yes, cariño. Her.

Y luego, look, there's Ross. Quiere ser director, pero Matt lo está impidiendo.

También le gustaba coquetear conmigo. Dear, when are you and I going to have... tú sabes, lunch? Y recorría el dedo índice por mi camisa.

---

32 Los meses que estuve sin ella, intentaba vivir como si todo fuera de lo más normal. Salía con amigos y amigas. Iba al cine. Me reía a carcajadas. Contaba chistes malos. Me enfocaba en el trabajo. Pero los fines de semana fueron terribles. El silencio de la casa se volvió opresora. Empecé a conducir de noche. Sin rumbo. Simplemente callejeaba. Una mañana desperté y encontré un cuchillo de la cocina a mi lado en la cama. Sin pensarlo, lo levanté y me lo llevé al baño donde decidí llenar la tina con agua. ¿Para qué una nota? Pensé.

Solo le sonreía.

Rebecca me aburría. A la hora de la verdad, nunca dejaría esa vida. Nunca se escaparía de ese American Dream. Se paseaba por el mundo como una chica progre: aprender español (para poder entender lo que decían sus sirvientas sobre ella) irse de viaje con mochila a Machu Pichu (que hizo el verano anterior) pero siempre y cuando se pudiera quedar en un hotel de gran lujo (como lo hizo). Y lo que me aburría más era que ella misma lo reconocía mientras que yo nunca tuve la cordura de aceptarlo. Yo estaba en esa vida porque de alguna manera lo quería también, aunque lo negaba rotundamente.

Me aburría su fuerza porque a mí me dolía mi cobardía.

DESIERTO

Desierto por todas partes. Y una autopista con cientos de coches parados.

Daniel estaba rumbo a Tucson, acababa de pasar Las Cruces, New Mexico.

Miró al cielo. Después de un rato decidió salir del coche. Ya lo sabía, regla número uno cuando uno está parado en el tráfico: no salir del coche. Como en *Apocalypse Now*.

En fin, salió. Eran alrededor las dos de la tarde. Calor. Desierto. Hot. Hot. Hot.

Algunos coches salían de la fila para regresarse hacia Las Cruces. Pronto se dio cuenta de que muchos se dirigían hacia una ruta alterna por el frontage road. Pensó hacerlo también cuando vio que un hombre en un pickup negro negaba con la cabeza. Lo vio y salió de su troca para decirle, "ellos no saben lo que hacen". No son de aquí.

Daniel le dijo que no entendía. Imaginaba que esa carretera lateral los llevaría hasta la próxima salida donde quizá ya no habría tráfico.

Sí, contestó. Eso sería lo lógico. Pero verás que pronto empezarán a regresar. No es un camino de asfalto. Las frontage roads aquí son de tierra. Y los caminos de tierra en el desierto no te llevan a otro lugar que al mero desierto. Allá, lejos.

Miró los coches y vio que efectivamente alzaban grandes nubes de polvo.

Los frontage roads de New Mexico son un engaño, le dijo. Te imaginas que te van a llevar a algún lugar. Pero no. Son espejismos. Muchos terminaban en el desierto, otros llegaban a la base de una montaña. En fin. No llegan a ningún lado.

Empezaron a hablar de los caminos. Daniel le habló de su viaje por el Southwest, visitando amigos, caminando por las calles de Austin, Las Vegas, Chico. Él le comentó que conocía Chico.[33] Hablaron de algunos de los pueblos sobre el Interstate 5, en el valle central. Pueblos como Orland, como Willows, como Williams, como Red Bluff. Si no hubiera sido por el Interstate y por la presencia de Chico, los pueblos del valle como Orland desaparecerían olvidados. Y para los dueños de los huertos de aceituna y de naranja, Daniel suponía que no les parecería mala cosa.

El señor se llamaba Enrique y era un viejo nuevomexicano. Tenía raíces profundas en el estado, sus antepasados llegaron con la expedición de Oñate en el siglo XVI. Aunque vivía en Albuquerque, todavía tenía familia en Tierra Amarilla. Le habló del paisaje y las leyendas que formaban parte de la historia de la región. Le recomendó que visitara el norte, que conociera los pueblos más allá de Santa Fe y Las Vegas. Así pasaron varias horas, hablando al lado de la autopista en espera que la abrieran de nuevo.

---

33 ¿Quién no conoce Chico? Sobre todo su universidad. En 1987 nada menos que un instituto conocido en el tema —*Playboy*— nombró a la universidad la "#1 party school in the nation." Para celebrar la nominación los estudiantes festejaron con una pachanga grandísima de miles y miles de personas. La universidad y los oficiales del pueblo contestaron con una fuerte presencia de la policía y varios cuerpos de granaderos. Una noche, para volver a su apartamento, Daniel tuvo que brincar varios cercos y correr por los rieles del tren para evitar los escuadrones de policía y los helicópteros que sobrevolaban el vecindario estudiantil.

QUEDAN ALGUNAS COSAS

No estuve cuando perdimos al hijo.

A Melina la llamaron del despacho en Ámsterdam. Le dijeron tres días. Estuvo casi toda una semana. Al final de la semana, me llamó. Estaba en el hospital. Toda la semana se había sentido mal y al final pasó a ver a un amigo doctor. La revisó y la mandó inmediatamente al hospital. El bebé, nuestro hijo al que le contábamos cuentos cada noche, al que le cantábamos canciones por la mañana, al que le confesaba mis secretos cuando su mamá estaba dormida; nuestro hijo murió dentro de su madre.

Me caí al suelo cuando me lo contó. No lo pude creer. Empecé a llorar. Unos amigos que estaban de visita se espantaron. Cuando colgué el teléfono, me quedé sentado en el suelo, llorando. Mis amigos intentaron consolarme. Era imposible. Estaba inconsolable.

Cuando acabé de llorar, paré también de hablar. Entré en shock y mis amigos insistieron en que me fuera con ellos a su casa. Cada vez que me acordaba, comenzaba a llorar de nuevo. Quería irme a Ámsterdam para estar con Melina, pero ellos no estaban convencidos de que estuviera en condiciones de ir. Finalmente, Melina me llamó para decirme que ella se regresaba. Cuando hablé con ella, sonaba derrotada, la voz casi siempre firme, apagada. No hablamos mucho, en ese momento realmente no sabíamos qué decirnos, cómo calmarnos.

Al regresar, pasamos tres días en casa. Al cuarto día ella se fue al trabajo como si nada y yo empecé a caminar horas por Madrid.

Cinco meses después, en octubre del 2002, nos regesamos a Nueva York.

NOCTURNO

El accidente lo dejó agotado. Al seguir su camino lo único que pensaba no era llegar a Tucson sino buscar un sitio para descansar. El primer pueblo que vio era Deming. Normalmente son menos de 90 minutos desde El Paso. Pero habían pasado casi cinco horas desde que dejó la casa de Matías y Carla. Salió de la autopista con la mente casi en blanco, sobrecargado hasta el punto de borrar todo. Lo primero que vio al tomar la salida fue el gran letrero de el Mirador. Tipo neón. Grande. De esas que se veían en los '50 iluminando las noches de los llanos americanos: good old neon. El motel se encontraba en la vieja ruta 80, la que en algún momento se llamaba el "Broadway of America."

El letrero de neón le llamaba la atención. Era una flecha amarilla que apuntaba al conjunto de edificios que conformaba el motel de una sola planta. El edificio estaba pintado en un tono mitad arena, mitad naranja, un color que se veía mucho en el estado: desert sand, desert dusk, o algo así, casi siempre desert algo. No era un motel bonito: no era uno para traer a la pareja. Era para illicit trysts: encuentros furtivos con la colega del despacho, el chico del bar, la profesora del college, el maestro del high school.

Para lo que buscaba Daniel era perfecto.

Después de registrarse, se estacionó frente a lo que era su habitación: 114. Una puerta vieja, blanca, al lado de una ventana. El techo se extendía sobre el edificio, creando una arcada y ofreciendo protección del sol. También protegía la oscuridad de las habitaciones.

La habitación olía a viejo. Tenía una cama vieja, un escritorio viejo, una cómoda vieja donde estaba una televisión pequeña, también vieja. Había una silla frente al escritorio. Encima había un cenicero y al lado un letrero pequeño que decía que la habitación era para no fumadores.

La habitación olía a humo, a bebidas, a gritos y pasión. A noches de juerga. A perdición.

Después de conectar el PowerBook a la línea telefónica para revisar el imeil y prender el iPod, se tumbó sobre la cama. Pensó en Vanessa: trabajando en el bar, esquivando borrachos que intentaban tocarle el culo, dejando pasar los piropos de hombres necios y caminando con una sonrisa en los labios y una canción en su cabeza. Pensó en Martina: chambeando de banquera en el Credit Union de Chico y volviendo por la tarde a su casa para seguir trabajando. Pensó en Melina: en una junta con sus colegas, tomando apuntes, opinando sobre alguna ley fiscal, siempre demostrando que ella tenía el control. Pensó en un camión de carga quemándose al lado de una autopista.

En una cena en El Paso alguien citó una frase que lo impactó. Fue algo así como "una persona no amada se vuelve invisible". Empezó a sentirse alejado de esa cena. Sintió como que se disolvía en aire y polvo. Quizá ese sentimiento que tenía de niño cuando iba a la casa de la China no se le había bajado: le aterrorizaba la idea de ser abandonado.

Ser abandonado y también de desaparecer de la memoria de alguien.[34]

---

34 Abrí los ojos. Ellos. No sabía quiénes eran. No veía nada, tenía los ojos vendados. Sentía que me llevaban a algún lugar. Cuando me quitaron las vendas, estaba aquí en el Rancho de las Últimas Cosas. Ellos estaban conmigo. Parecían fantasmas, unos seres diáfanos que cuando me hablaban las voces llegaban como murmullos. Me llevaron por la casa. La habitación se

Se acordó de Julieta García, la relación que más lo marcó antes de conocer a Carmen y luego a Melina. Se acordó de las noches de insomnio. De la época en que estaba en Survivor Mode: shutdown total. Vivió meses así, en autopilot. No se acuerda de todo, sólo de ciertos momentos cuando su cuerpo de repente se despertaba.

Todo empezó con el insomnio. Pasó tres semanas deambulando por las calles de Chico. Muchas noches llegó a Jack's a las tres de la mañana para tomar café y dibujar en un cuaderno. Los dibujos no tenían sentido. Páginas enteras de una sola línea. Después una de puntos. Luego otra línea.

Al pasar por el insomnio, entró a lo que luego describía como su etapa de narcolepsia. Pasaba uno o dos días consciente de todo. Pero desaparecía después. Uno podía hablar con él y reaccionaba como normal. Pero como que no captaba la señal. Cuando estaba consciente y alguien le recordaba algo, no sabía de qué hablaban. Y los pasos entre la conciencia y la inconciencia le parecían parte de la misma película: no estaba consciente del paso del tiempo. En un momento se encontraba en una conversación con Martina; en el siguiente se despertaba en una tienda de campaña cerca de la montaña de Shasta —y odiaba hacer camping— seguido por una taza de café frente a él en Jack's; caminando por entre los discos en Tower Records; llorando en el cine durante una función de *Total Recall*; sentado en un avión; y, finalmente, despertando en un apartamento que luego descubrió que alquilaba en la ciudad de México.

---

parecía a la que tenía con Vero. Cuando me di cuenta, alcé las muñecas a la cara: no tenían cicatrices. Antes de irse, Ellos encendieron el monitor en el escritorio. Vi un hombre pasando a una habitación donde le esperaba un cowboy detrás de un escritorio.

WILD LOVE

To: Miss_Cuernavaca68@rocketmail.com
From: elpocho66@writeme.net
Subject: Wild Love

Deming, New México. ¿Esperabas recibir un mensaje desde este lugar alguna vez en tu vida? Have laptop will travel. Estoy en un motel de mala muerte al lado de la Interstate 10. Mi plan original era llegar hasta Tucson. Pero estoy muy cansado, más que cansado. Muerto. Sin fuerzas para seguir. Wiped out.

2. "Wild Love," Chris Isaak. A principios de 1987 juraba que era el bato más feliz. Trabajaba en Tower Records, tenía mi programa de radio y me iba bien. Había gente que escuchaba mi programa y me pedían rolas. A veces los conocía cuando tenía una chamba de dj para una fiesta, aunque muchas veces nunca me presentaba como el locutor de la radio. En una de fiestas de fin de curso, en diciembre del '86, conocí a Julieta García. Mexicana. ¿Qué te digo? Este fue el breakup decisivo. Creo. Y la verdad es que duramos poco. A veces cuando pienso en ella, aún me duele la espina que me dejó. Al terminar la fiesta salimos a caminar por las calles de Chico. Dos de la mañana, todo cerrado. Me encanta estar en la calle entre la una y las cuatro de la mañana. Lo único abierto a esa hora era Jack's diner. Allí caímos para tomar café y seguir hablando. Vivía en un apartamento en el downtown, arriba de la farmacia Rexall. Tenía unas ventanas espectaculares por donde entraba una cantidad inmensa de luz. Algunas noches nos sentábamos en la ventana que daba a Broadway y veíamos pasar el tránsito. Salir con ella llenaba mi vida. Había logrado obtener todo lo que deseaba. Ella y yo. Me acuerdo de ella caminando por su apartamento. Vestía una camisa mía y unos pantis rosados. Bailaba y

cantaba a una rola de Wire Train, "I Forget It All (When I See You)". Tenía el pelo negro, corto. Llevaba gafas. También negras. Quería que yo siguiera pintando en vez de tomarle fotos. Encajábamos. Nos gustaba la misma música, las mismas pelis, las mismas comidas. Era la chica con quien siempre soñaba.

I know: cursi cursi cursi.

Lo que no compartíamos eran los sueños de la vida. Yo estaba súper cómodo con la idea de quedarme siempre en Chico, trabajar en la estación de radio y en la tienda de discos, ir a las mismas fiestas, escuchar los grupos de siempre. Ella tenía planes de viajar, continuar sus estudios de derecho, ser abogada en alguna ciudad como San Francisco o Chicago.

Casi un año después de conocernos, me dejó.

Me dejó por complaciente. Y eso, mi dear, duele.

Duele.

Cuando rompió conmigo —en el anfiteatro de la universidad— todo el mundo paró. Los carros que transitaban por el Esplanade. El agua del riachuelo que pasaba por el anfiteatro. Los pájaros en el aire. El viento. Full stop. Lloré. Lloré. Lloré. No lo podía creer. Se fue con otro, un tal Julián odioso. Un estudiante de computer science. Un nerd. (Pero un nerd con dreams.) Seguí llamándola, la buscaba en conciertos, en cafés, en las tiendas de discos. Le gritaba desde la calle a su apartamento. Nada. Caí en un pozo negro. Cada vez que creí haber sobrepasado la relación algo pasaría para recordarme de lo contrario. Cuando finalmente salí, vivía en la ciudad de México y estudiaba en un programa de intercambio de mi universidad. Al final del verano del '88, regresé para terminar mis estudios en Chico y de allí me fui a Santa Barbara.

En esa época Chris Isaak me gustaba un chingo. A ella también. Antes de salir pondríamos Silvertone, en particular, "Talk to Me," y "Another Idea." En cada uno de mis programas me llamaba para pedirme alguna rola de él, "Dancin'," "Livin' For Your Lover," "Blue Hotel". Después que rompimos, pasé días escuchando "You Took My Heart," "The Lonely Ones," y la rola que le dediqué varias veces, "Wild Love." Fue terrible.

Incluso ahora cada vez que escucho esa última rola sufro un poco.

Seguro que estarás pensando por qué te escribo desde un pueblo como Deming. Es que algo me pasó en el desierto.

Como a quince minutos al salir de Las Cruces empecé a encontrarme con tráfico. Pensé que era porque la migra tenía un puesto de inspección sobre la autopista. Pero no. Pronto todos paramos.

El tráfico no avanzaba.

La autopista estaba cerrada.

¿La razón? Un accidente. Me conmovió mucho. Era una imagen del cine más terrible. Tuve que pasar despacito porque habían desviado la autopista. Intentaba no fijarme, pero todos los que pasaban disminuían la velocidad para mirar. Cuando pasé miraba hacia delante. Sin querer veía nubes de humo, una llanta quemada al lado del camino y manchas negras sobre la autopista. Era suficiente para decidirme a parar en Deming.

¿Por qué te conté de mi aventura en el Interstate? Quizá porque en algún momento me salí de la carretera y empecé a perderme por senderos arenosos.

¿Sabes? Lo bueno de hablarte de estos breakups es que todavía las recuerdo a ellas. Peor sería que no las recuerde, que hubieran caído en el olvido total. Desaparecidas en un twilight zone, lanzadas a los outer limits. Do not adjust your horizontal. Do not adjust your vertical. Lost. Perdidas en las distancias de la memoria.

Caído,

d.

NO ES VERDAD QUE NO QUIERO QUERER MÁS

Sé el momento en que todo cambió. A pocos meses de volver a NYC. Leía en la sala una novela de Charles Baxter. Tarde. Las sombras alargándose sobre las alfombras. Melina estaba en la cocina, preparando una cena de arroz con pollo. La podía ver, parada junto a la estufa, la luz del atardecer iluminándola. Le pregunté si la podía ayudar en algo. No contestó. Miraba intensamente al pollo.

Pensaba en el paseo que haríamos después de la cena. Nos pondríamos sudaderas. Caminaríamos a la bodega en la esquina donde Melina seguro preguntaría por plátanos. Iríamos después a un café para tomar algo. De regreso a casa pararíamos en la bodega de nuevo para comprar fruta y verduras.

Estuve en esto cuando me di cuenta de que no se escuchaba música. Antes siempre había música en la casa. Mano Negra. Elton John. Gustavo Cerati. KC and the Sunshine Band. Café Tacuba. Chic. A Melina le encantaba poner algo cuando ella preparaba la cena. Le pregunté si quería que pusiera algo. No me contestó. Me paré y fui a la cocina. Seguía mirando al pollo. Estaba sazonado en una cazuela de aceite de oliva con trozos de cebolla y ajo. Le estufa no estaba prendida. Me miró y dijo no me acuerdo cómo hacer esto.

Le sonreí y dije que yo me encargaría de terminar la cena. Ella se fue y se paró a mirar por la ventana.

Oí que se hablaba a sí misma. I don't remember. How. To. Do. This.

Más tarde me di cuenta de la fecha: era el día que perdimos el bebé en Ámsterdam.

EL OLVIDO

Daniel sentado sobre la cama de una habitación del Mirador motel al lado de la Interstate 10. Frente a él estaba su PowerBook con un cable conectado directo al teléfono. La tele en el Weather Channel. Pensó en que la habitación estaba un poco fuera de tiempo: en tono, por lo menos. Era el tipo de habitación que sólo existía para esperar a gente que cruzaba el país por la antigua ruta 80 y necesitaba un lugar para pasar la noche; al vendedor ambulante que dejaba su chaqueta en la silla y su maleta de productos en la esquina; a la pareja de novios escapándose de una vida pesada de expectativas; a la persona que viajaba sin rumbo por el Southwest.

Pensó en las maneras de olvidar a una persona. En el olvido olvido. No el olvido del I forgot. No.

El olvido de borrar, de sacar de la memoria, de negar la existencia de alguien. De alguna manera todavía guardaba recuerdos de sus novias y amantes.

Deming, New Mexico. Noche.

El accidente en la autopista todavía se quedaba con él. Era un accidente de muvi. Aunque no quería, no podía evitar en pensar en ello. No se dio cuenta de la severidad hasta que se acercó al lugar donde fue, unas cinco millas de donde se había parado con Erique. Cuando vio las manchas negras que marcaron el sitio donde un auto fue aplastado entre dos camiones de carga, el primero de una compañía de gasolina, el segundo de una de mudanza, esquivo la mirada. Pero no pudo, la evidencia de lo que pasó estaba en todas partes.

Parece que hubo una explosión masiva y el auto del medio desapareció. Otros dos coches también se encontraron en el accidente, uno de ellos volteado sobre el asfalto. El otro en pedazos. Las llantas de uno de los camiones en llamas al lado de la autopista. Las nubes negras y densas que brotaban de lo que había quedado de la cabina del primer camión. Bomberos. Sirenas. Policías. Tuvieron que desviar el tráfico al carril del sentido opuesto.

Pensó en las veces que se había encontrado entre dos camiones y las veces que uno le había cortado el paso. El chofer sin darse cuenta. Soñando con el próximo truck stop, un sitio donde parar y tomarse café y prepararse para el resto de su viaje.

Pensó en los caminos que había tomado. Los que lo habían llevado a vivir una vida de nómada. Una vida on the road. A bordo no de un camión de carga, pero sí de algún coche prestado o alquilado.

Pensó en Nueva York, en cómo podía y prefería vivir sin coche.

Sentado allí, en ese motel, sintió como que había llegado a los outer limits.

No había enviado ningún imeil a Melina. No como en otros viajes cuando le escribía y la llamaba todos los días. En cambio, cuando ella viajaba, solo la llamaba un par de veces. Más que nada, ella siempre le mandaba tarjetas postales. Pero ya no. A lo más recibía algún imeil. Para acordarle de una reunión o para confirmar su llegada. Pero él nunca la juzgó por eso. No le molestaba que fuera más focused que él en los asuntos de la chamba. Daniel siempre la tenía en mente.

La aceptaba como era porque a él le gustaba su seriedad y su pragmatismo.

Había recibido dos imeils de ella, pero no contestó. Quería saber lo que ella iba a hacer, si ella notaría su ausencia. Se dio cuenta de que él había empezado a cambiar su opinión respecto a ella. Que de alguna manera empezó a darse cuenta de las cosas en las que ella le fallaba. Era algo que nunca quiso admitir, no quería caer en la trampa de crear expectativas para su compañera. Sabía que eso solo llegaba a un callejón sin salida.

Y también se dio cuenta de esto: no sabía cómo avanzar con Melina. De alguna manera estaba contento que ella no contestara las veces en las que él la intentó llamar: no sabría qué decirle.

Sabía que la había echado de menos. Pero también entendía que algo cambió cuando pasó por el accidente. El humo y la devastación que resultó del choque le recordó que había perdido el control de su vida. Pasó los últimos años entre dos camiones de carga que le cerraban la vista hacia delante y detrás. Y después de pasar el accidente, salir del tráfico y encontrarse de repente en una autopista que parecía vacía, entendió. Ahora sí, ahora sí. Había salido de entre los camiones. Había un camino por delante que se veía limpio y libre.

Y se dio cuenta de que su viaje no era simplemente un acto de desaparición.

NOCTURNO DE FRONTERA | Santiago Vaquera-Vásquez

DETRÁS DE TI

To: Miss_Cuernavaca68@rocketmail.com
From: elpocho66@writeme.net
Subject: Detrás de ti

Mi estimada, una confesión de este dude on the road: siempre he usado las ciudades para escaparme. Las usaba como asilo: como lugares para desaparecer. Por eso me encanta la ciudad de México. I melt into her. Formo parte de sus historias a la deriva: she's an anti-clockwise witness de los desastres de mi vida.

3. "Detrás de ti," Caifanes. La primera vez que fui de adulto a la ciudad de México fue un eye opener total. No sé, quizá esperaba encontrarme con algo similar a donde había vivido en el norte de Califas o que había leído en alguna clase. Esperaba una ciudad de tercer mundo, una que aún conservaba algo rural. Y no fue así. Dos noches después de llegar al DF me bajé del metro en Insurgentes y salí de la estación. Vi los letreros gigantes, anuncios de moda, de compañías como Xerox, IBM y Fuji. Vi los edificios altos y el letrero neón de Coca-Cola. Era un México opuesto al que me contaban en mi casa. Ultramoderno. De Marca Registrada: McOndo. Brillante. Supe en ese momento que el DF era mi ciudad favorita. En junio del '91, después de terminar la maestría en Santa Barbara, estuve de nuevo en el DF. Mi plan era vivir un tiempo allí, trabajando en lo que fuera. Había una vibra musical muy fuerte en esa época con grupos mexicanos como Caifanes, Café Tacuba, Los Amantes de Lola, La Maldita Vecindad. Para mí, Caifanes eran lo máximo. Cada vez que salía a rolar por las calles, ponía "Detrás de ti" en mi Walkman. Mi plan era quedarme dos meses y regresar a Califas para buscar algún trabajo, tal vez como bibliotecario. Me quedé un año. Decidí también solicitar a programas

de MFA en artes visuales, sobre todo en artes plásticas y en fotografía. Mientras preparaba mis materiales, me fui a Polonia y luego a Turquía. Me regresé a México a principios del verano del '93. Volví a descubrir que me aceptaron en el San Francisco Art Institute. Pedí empezar el programa en enero y me fui a Tijuana con mis parientes. En noviembre de ese año, empecé a trabajar en un camping para snowbirds, esa gente jubilada que baja a la frontera desde el norte del país en el invierno para no pasar el frío ni las tormentas de nieve. Un amigo me consiguió un jale como velador nocturno. Las managers del camping eran dos hermanas gemelas: Summer y Autumn Welch.

Las hermanas eran de Minnesota. Altas y delgadas, se movían con soltura por el camping. Empecé a salir con Autumn durante ese verano. Nos encontrábamos por las tardes antes de que empezara mi turno de trabajo. Me tocaba vivir en un camper con un perro llamado the Brain. Tenía un lawn chair que puse al lado de la puerta y me sentaba allí por la tarde con un libro. Tenía un estéreo pequeño para mis cassettes. Casi siempre escuchaba algo de rock en español.

A Autumn y a mí nos gustaba pasar las noches en que no trabajaba en un bar al lado del camping. Escuchábamos música country en la rocola y bebíamos cerveza de botella. A veces bailábamos. Una vez nos fuimos a visitar a sus padres. Nos fuimos conduciendo desde Winterhaven hasta St. Paul. Me gustaba estar con ella. Era tranquila. El tipo de chica que uno conocería en un pueblo pequeño; amistosa, inteligente y con un toque de inocencia. Y lo más importante: stress-free. Encajábamos de una manera natural y fácilmente me veía sentado a su lado de viejo, compartiendo el porche y mirando pasar al mundo. Sentía que podría pasar una vida cómoda con ella. Tenía una paciencia increíble y me aceptaba.

Pero fui cabrón. No andaba en onda para estar en una relación estable. Lo que pasó es que en esa época, como hoy, no quería lo cómodo. Quería pleitos, gritos, whatever. Una noche después de volver del bar, me dijo que si yo no hacía nada en diez años que ella se casaría conmigo. Era un chiste, pero me di cuenta de que hablaba en serio. Veía un futuro conmigo. Y me salió lo animal. Unas noches después, empecé a enrollarme con otras chavas. Saldría con los cuates a las cantinas en el otro lado y despertaría en un hotel de paso con alguna desconocida. Y ella, allí siempre, paciente. Y me volvía más cabrón. No quería no quería no quería perderme por ella. Es que también soy débil. No quería ser el malo de la muvi. Esperaba que ella rompiera conmigo. Y no lo hacía. Finalmente tuve que hacerlo yo y fue todo un desmadre. Siempre he sido malo para esas cosas. Prefiero o que las cosas terminen por su cuenta (nos olvidamos de llamar, un día sus cosas no están en casa, etc.) o simplemente me voy de viaje.

Terminamos una de esas noches en que tenía la mente en llamas. Sentía que me gustaba más de lo que debía y que al final terminaría arruinando todo. Andaba un poco tenso y ella lo notaba. Me preguntaba qué me pasaba y le decía que nada, nada. Finalmente, no pude aguantarme y le dije que ella me andaba sofocando. Que la verdad era que no podía seguir con ella, con las expectativas que tenía de mí. Que básicamente ella y yo éramos incompatibles. Y ella. Ella. Se puso supertriste, empezó a llorar. Y yo en vez de parar, seguí. Seguí. Nada era verdad, me inventaba cosas. Me di cuenta en ese momento de que era capaz de patear a alguien hasta que cayera y luego seguir dándole patadas. Me sentía terrible, pero tampoco podía dejar de dañarla. La dejé en la puerta de su casa, destrozada. Intentaba mantenerme lo más distante posible. Firme. Pero cuando llegué a su esquina empecé a llorar. Quise regresar a pedirle perdón. No lo hice. A la mañana siguiente me fui en un autobús a San Francisco para comenzar la MFA. Era enero del '94. No sé qué ha sido de la vida de Autumn. Aparte de ser una bestia, soy débil.

Asshole,

d

LLAMADAS TELEFÓNICAS

El teléfono en la mano. Encima de la mesa el número de Julieta. Miraba el teléfono. No sabía cómo marcar. Colgó.

Respiró. Respiró hondo.

Otra vez.

No sabía por qué le costaba tanto. O no lo quería admitir. Jodió la relación con ella. Ella había sido parte de su vida, le había confesado casi todo. Sufrió cuando terminó la relación. Los meses que vivió en autopilot, en Survivor Mode. Todavía no recuperaba todos sus recuerdos, su memoria de esos años estaba lleno de hoyos negros.

Aunque ya no era la misma persona y su vida había cambiado por completo, todavía sentía que no podría verla. El hombre inseguro de cuarenta años se desaparecería para que volviera el chico inseguro de veinticuatro.

No quería llamarla.

Pero tenía que hacerlo.

Pensó en Autumn. Casi siempre le era fácil distinguir entre chavas que eran amigas y las que serían novias. No sabía por qué, ni cómo, pero fue así. Era como un presentimiento. Pero a veces no tenía fe en sus presentimientos y terminaba arruinando lo que podría haber sido una amistad fuerte. Así le pasó con Autumn. Solo debieron ser amigos. La sentía muy tranquila, se llevaba bien con ella, disfrutaba los coqueteos en el bar. Al final mandó todo al carajo.

Regresó de nuevo al número de teléfono. Debería llamarla.

Miró a su alrededor. Se descubrió reducido a ciertas memorias, ciertos objetos, ciertas cosas: una maleta vieja y gastada en una estación de autobús; una mochila parchada al lado de un taburete de un bar; un cuaderno lleno de historias, listas, números de teléfono, dibujos y posibles itinerarios de viajes.

Y se dio cuenta de que solo se conocía en el viaje. En el momento de partida, en el viaje mismo, se sentía con más claridad, más enfocado.

Pero en ese momento, sentía que desaparecía, que se desenfocaba.

Miró el teléfono.

Respiró. Respiró hondo.

Descolgó y marcó.

Escuchaba el tono.

Esperaba la respuesta.

Cerró los ojos.

Abro los ojos y siento una presencia. Estoy frente a la computadora como todas las noches desde que se fue. Por años he cargado esta novela conmigo. La comencé a escribir ese invierno helado que pasé en Salamanca. Había alquilado un apartamento en el casco antiguo con la idea de que mi esposa vendría conmigo. Pensaba que allí podríamos tejer de nuevo esos lazos de nuestro matrimonio que se habían raído. Seguro que seis meses en España, fuera de nuestra vida que había caído en silencios largos, se podría arreglar. Encontraríamos el carril que habíamos perdido. Planeaba decirle que yo no quería entrar en esa parte de la relación donde todo significaba final. Pensar en ello me hizo sentir que entrábamos a una región oscura, un bosque de olvido, un Terreno de las Últimas Cosas.

Poco antes de que me fuera, me dijo que no podría acompañarme. Que tenía mucho trabajo. Me fui solo a un apartamento poca amueblado. Aunque ya conocía España y había pasado por Salamanca varias veces, me sentía dislocado, como si me hubieran llevado a un planeta extraterrestre. Me puse a escribir sobre un hombre solitario en una habitación que no entendía por qué estaba allí. Lo único que tenía era un monitor desde donde veía la vida de un hombre de viaje por el Southwest. Su trabajo era ser un Watcher y le tocaba ver una y otra vez la disolución de un matrimonio.

La noche antes de regresarme a Estados Unidos, fui a ver Radiohead en Madrid. Thom Yorke cerró el concierto solo en el escenario. Con su guitarra, cantó "True Love Waits," mi canción favorita de la banda. En ese momento me di cuenta de que me quedaban pocas horas en España y decidí allí que regresaría a luchar por mi matrimonio. Haría lo posible para salvarlo.

Dos días después de regresar, mi mujer se marchó. Era una semana antes de nuestro sexto aniversario de casados.

La novela se me escapó y cuando la describía, decía que era como una mezcla de Slaughterhouse Five con Eraserhead. O decía que era un libro sobre fantasmas, los espectros del pasado o del peso de los murmullos. Por más de diez años trabajé en ella, sin poder encontrar el hilo que necesitaba. En una versión Daniel saltaba el tiempo y se encontraba reviviendo momentos particulares de su vida con Melina. En otra, Daniel era el Watcher, forzado a ver su fracaso over and over again. Hubo una versión donde el Cowboy y el Watcher eran la misma persona. Tantas versiones que han quedado en mi computadora.

A veces me preguntaba si en realidad quería terminarla. A veces parecía que estaba construyendo una sinécdoque de mi propia vida. En algún lugar leí que armar una novela era como construir una casa. Después de tantos años con esta obra en construcción, sentía que armaba una casa embrujada, llena de espectros que se instalaban en las muchas habitaciones. Sus murmullos paseaban por debajo del texto.

Carmen me anunció que ya no podía estar conmigo una semana antes de nuestro sexto aniversario de conocernos. Esa primera noche no pude dormir. Era la nochevieja y me quedé solo en mi casa. Vi una de mis películas favoritas, High Fidelity. Me dejó muy triste, sentía como que alguien me había perforado con mil agujas y ahora oía como el viento pasaba por mi cuerpo. Silbaba a caminar por mi casa.

A la mañana siguiente, me acordé de la novela abandonada. Habían pasado tres años desde la última vez que la trabajé. Esa vez los murmullos fueron casi gritos que me impedían a seguir. Me metí de nuevo para ver si podía sacar los espectros que cargaba encima. A ver si ahora puedo con esta casa embrujada, me dije a mi mismo.

Allí, sentado frente a la computadora, abro los ojos y siento una presencia en mi habitación. Doy la vuelta y lo veo. Daniel, con el teléfono en la mano.

No entiendo que hace allí. Él tampoco.

Los dos nos miramos en la media oscuridad de mi habitación. No sé qué decirle. Hola, soy el Watcher que te ha estado mirando desde que naciste. Hola, welcome to otro sueño mío. Hola, no estoy aquí porque hoy ya no soy yo. Hola, me llamo Santiago y estoy escribiendo una novela sobre tu vida que se parece un poco a la mía.

La verdad es que no debo decirle nada.

Desaparece.

Y me quedo de nuevo aquí, solo.

TARJETA POSTAL: TUCSON

En esta tarjeta postal hay una pareja en la terraza de un restaurante. El sol está por ponerse detrás de las montañas y las sombras se alargan. Todo está bañado por una luz roja. Encima de la pareja, en letras pequeñas, hay varias palabras: "pasado", "momentos", "distancia", "perdido", "pasó", otras. Entre este bosque de locuciones se puede leer, "con todo lo que había pasado, no sabía por dónde empezar".

Julieta se sorprendió cuando la llamaste. Se citaron para esa tarde en el restaurante cerca de la universidad. Temías que no sabrías como hablar con ella. ¿Qué se pueden decir dos personas que no han hablado en quince años? Al verse, todas sus inseguridades desaparecieron y pudieron entrar en una conversación como antes. Mientras cenaban, le contaste de tu proyecto que cambiaba cada vez que lo describías. Ahora era una serie de pinturas inspiradas en tarjetas postales de sitios a la deriva.

¿A quién las mandas? Te preguntó. Una tarjeta postal siempre necesita un destinatario.

No contestaste. Le dijiste que también imaginabas un libro de cuentos inspirados en la idea de vivir a la deriva. Ella te advirtió que no quería encontrarse en ellos, or else. Cuando le comentaste un poco más de qué iba, te respondió, "oh well, pues en ese caso, include me too". Hablaron de amigos que tenían en común, de viajes que hicieron. Te contó de su vida desde que se separaron. Al terminar sus estudios en Chico State, dejó al Julián y se fue a Harvard para estudiar en la facultad de Derecho. Conoció a su marido allí. Ahora estaba divorciada. Tenía una hija de ocho años. Trabajaba como abogada para la universidad. Le contaste de tu carrera como archivista, de las horas que pasabas con manuscritos medievales que contenían notas y dibujos en los márgenes. Como le dijiste a Martina en Chico, the marginalia era lo que más te gustaba de trabajar con esos textos, los dibujos y anotaciones que algún ilustrador había dejado. Te parecía que podrían formar otra historia que podría no solo comentar sino también interferir con un texto. Le contaste también de tus proyectos artísticos y de tus viajes. Al decirle que te habías casado, te interrumpió. Let me guess, Martina. No, le dijiste, no me casé con Martina. Te contestó que estaba segura que ustedes terminarían casados, ya que siempre fueron muy unidos.

Finalmente, no podías contenerte y le dijiste de C, de Vanessa, de Melina: tu verdadera razón por estar wandering around el Southwest.

Ella te miró directamente. No te dijo I told you.

Nada de eso.

Te tomó de la mano y te preguntó: ¿cómo te encuentras?

Y ya no pudiste. Empezaste a llorar.

Dos años después, todavía tenías esa imagen grabada. El atardecer. El sol a punto de caer detrás de las montañas. Un restaurante mexicano en Tucson. Música Tex-Mex. En una mesa de esquina, una mujer con la mano sobre la de un hombre llorando.

PUEDE QUE SEA DEMASIADO TARDE

Julieta y Daniel en la puerta de su habitación de motel. Te dije que sería mejor que te quedaras en casa.

No, gracias. Prefiero este tipo de lugares. No sé, después de viajar tanto, me estoy encariñando con los moteles.

Es que te gustan los lugares intermedios. Siempre... te gustaron.

Sí, la neta. Vivir en motel es juntar tu vida con las historias de todos los que han pasado por allí.[35]

Ya, pero... bueno. Es un poco run down este place ¿no?

Pero es cheap. That's important.

Entraron en la habitación y Julieta se sentó en la cama. Daniel en el sillón. Julieta le preguntó si se sentía mejor. Le quería contestar que no, que no se sentía bien. Se sentía como que lo habían golpeado con martillos de hule.

Sí, dijo finalmente. Casi inaudible.

Hablaron un rato más hasta que Daniel le dijo que estaba cansado y que tenía que salir temprano al día siguiente. A Julieta se le notaba un aire de enfado. Se paró de la cama y estaba por salir cuando empezó a llorar.

Es que... no he tenido noticias tuyas en años. Y de repente, out of the blue, me llamas. ¿Te acuerdas como me dijiste que pase lo que pase, seríamos amigos?

No se acordó. Le pidió perdón y reconoció que había

---

35 De niño pensaba que el futuro iba a ser algo como *2001*, limpio, ordenado. Luego sentí que iba a ser como *Terminator*, devastación total. Cuando salgo a caminar me doy cuenta de que todos vivimos en el futuro. También vivimos en el pasado. Y en el presente. Pasado y futuro colapsado en el presente. Cuando me encuentro bajo la sombra de las estrellas me doy cuenta de que quizá me equivoco de tiempo.

sido un mal amigo. I've been lost, explicó. Le abrazó y la sentó en la cama. Ella le reveló que había extrañado sus conversaciones. Que no sabía qué pensar cuando él la llamó. Al oír su voz ella ya sabía por qué estaba de viaje y que eso la alegró. Como que algo que lo que habían perdido años atrás estaba a punto de arreglarse. Pero también que al verlo se dio cuenta de que no, no iba a pasar.

Puede que sea demasiado tarde.

Daniel le dio un beso en la frente y notó que sí, como decía ella, era demasiado tarde.

Ella le contó de su matrimonio y cómo conoció a su marido. Trabajaba de director asistente en un museo de arte. Para ella todo eso del mundo del arte le parecía glamorous, a diferencia de su marido. Para él, era un negocio y tenía que jalar harto para llegar a su meta, ser director. Julieta se dio cuenta de que ella no figuraba en sus planes. Se casó porque para él eso mejoraba su perfil de director. La vida que él proyectaba incluía a una mujer, pero tenía que ser una que aceptara su visión del mundo completamente. No existía la idea de meeting halfway. Ni part of the way. Cuando ella empezó a plantear sus perspectivas sobre el matrimonio en común, él se enojó. Luego cayó en una depresión que lo llevó a ver a un terapeuta. Finalmente le dijo que él no estaba dispuesto a aceptar una vida que no quería. Una vida que no era como él planeaba. Con esto, ella empacó sus cosas y se fue.

Ya parada junto a la puerta, Daniel le preguntó si le fue difícil salirse así. Y ella le dijo que no, que solo tuvo que abrir la puerta. That's all it takes, le dijo.

Al cerrar la puerta, Daniel miró alrededor. Pensó en

volver a llamarla para decirle lo que le había pasado, que al llamarla antes, tuvo un momento freaky. Sintió que saltó de un tiempo a otro. Todavía no sabía cómo procesarlo. ¿Fue real? ¿Fue alucinación? Juró que se materializó en una habitación donde había un señor que estaba escribiendo frente a una pantalla grandísima.

Fue una alucinación, se dijo. Eso. Estoy muy cansado y me quedé dormido por unos instantes… y tuve un sueño. Un sueño. Nada más.

Al acostarse, antes de apagar la luz, miró de nuevo su habitación. Por si acaso.

WANDERING STAR

Leí en alguna revista que antes la noche era tan clara que hasta las estrellas dejaban sombras sobre la tierra. De niño mi hermana y yo nos tirábamos al zacate para mirar las estrellas. Había ciertas noches de invierno en que el cielo estaba tan claro que incluso veíamos satélites. Pero nunca imaginábamos que esa luz antigua podría ser lo suficiente para dejar sombras.

¿Qué nos podría decir del tiempo, de las memorias, las sombras de las estrellas?

A los veinticinco años, en mi época de Survivor Mode, empaqué una mochila y me fui a vivir a la ciudad de México. Así nomás. Pasé casi un año rolando por esas calles. Ciudad gigantesca, perfecta para perderme en sus avenidas, calles, callejones, barrios, parques, restaurantes y cantinas: ciudad flotante en un lago desaparecido, ciudad desnivelada.

Me lo pasé cortando atajos y quemando los puentes que me comunicaban con el pasado, en particular con mi relación con Julieta: esa relación que terminó marcándome. Tuve que poner miles de millas entre ella y yo.

Naciste con una estrella sobre el pecho, me dijo mi abuela en Fresnillo. Una estrella que te llevará lejos. Mi madre me dijo lo mismo, años después, antes de irme a México. Y se sentó en su sillón favorito junto al estante donde tenía fotos de mis hermanos, mis parientes y una de ella, tomada el día que terminó la secundaria.

Cuando fui a visitar a mi abuela, ella me dijo, tu madre nació con una estrella sobre su corazón. Pero no decidió seguirla y se fue allá, al norte. Le quise contestar, ¿Cómo sabe que no siguió su estrella? ¿Cómo sabemos si seguimos la estrella que nos corresponda?

Mi burning star, me dijo Martina esa vez que vino a México para buscarme. Típico guy, siempre necesitas ser rescatado por una chava, me señaló con una taza de café mientras desayunábamos en el Café Habana.

Mi wandering star, me dijo Julieta cuando nos encontramos en el restaurante en Tucson.

Mi crying star, me dijo Melina cuando me encontró triste en la terraza de nuestro piso en Madrid. Me abrazó y me dijo que todo estaría bien. One is for tú, me susurraba al oído. Tú is for me, mientras me abrazaba bajo la noche.

One is for tú, sentada en tu despacho con la ventana que daba al downtown NYC. Tú is for me, escribiendo desde esta habitación de motel. Persiguiendo las sombras que han desaparecido.

IV: LEAVING TRAIN

Todavía estoy huyendo y ya desmantelan el escenario.

—Sara Úribe

OLVÍDELA COMPA

El New Faulding Hotel. Si hay modelos para dive bars, ésta sería la definición del dive hotel. Queda a media cuadra de State street —la calle principal de la ciudad— sobre la calle Haley. En los nineties, había sido un sitio conocido por el tráfico de droga. En su primera visita a la ciudad, Daniel se quedó allí. No sabía nada de Santa Barbara ni del New Faulding. Solo vio que el hotel anunciaba habitaciones que se podrían alquilar por semana y que quedaba al lado del downtown. Pagó una semana.

Se quedó cinco días hasta que conoció a Chicano Art y se fue a vivir a su camper.[36]

Uno de los batos que conoció allí era un residente del hotel. Era un Chicano viejo, le decían "Santos." Originalmente de El Paso, había estado en la pinta en Soledad donde había terminado por drogas y la venta de un coche robado.[37] Cuando salió, era un poeta conocido entre el California prison system. Publicó varios poemas en esas revistas que se circulan por el sistema penal: esas que vienen con dibujos, dedicatorias y poemas. Terminó viviendo en Santa Barbara, ocasionalmente recitaba en La Casa de La Raza donde Daniel trabajaba como asistente.

---

36 Arturo era un músico. I'm a guitarrista for hire, decía. También era estudiante de sociología, aunque decía que eso era la parte menor de su vida. La parte mayor era tocar guitarra en un par de bandas locales, leer sus libros de misticismo New Age —estaba a punto de descubrir el secreto de volverse viajero en el tiempo— ligar con chicas en los cafés locales y pasar el tiempo en la playa con su perro the Brain. A una semana de conocerlo, Daniel le puso el apodo ese de Chicano Art.

37 El Santos era un tipo bien grande e inspiraba miedo. Tipo Danny Trejo. Me lo encontré varias veces en San Diego. La última vez que lo vi fue en Tijuana. Trabajaba con el Diablo en la reparación de carros y cada viernes bajaban al Zacazonapan para tomar cerveza y olvidarse de la semana.

Al pasar al lobby, Daniel se acordó de las noches cuando Chicano Art y él acompañaban al Santos con varias botellas de tequila en su habitación. Parado en la entrada, miró a la gente sentada allí. Algunos estaban de bata. La luz del día casi no penetraba. El hotel no había cambiado. Antes de subir a su habitación, Daniel preguntó por el Santos.[38] Los que se acordaban de él le dijeron que se había ido. Nadie sabía a dónde. Era otro bato desaparecido.

---

38 Una vez me encontré al homeboy en Iowa City. Fui a tomarme un whisky al Foxhead, un antro que me dijeron que había sido el favorito de Vonnegut cuando vivía en Iowa. Allí vi al Santos, sentado en la barra. No se sorprendió al verme. Como que me estaba esperando.

GRACIAS POR LOS MEMOREX

To: Miss_Cuernavaca68@rocketmail.com
From: elpocho66@writeme.net
Subject: Gracias por los Memorex

¿Todavía grabas cassettes de música mezclada?

¿Te acuerdas de esos cassettes? ¿El diálogo que entablamos a través de ellos?

Aún tengo tus grabaciones. Los títulos. "Música para romper cosas". "Dicen que los norteños gritan". "Desde el planeta de ruido" (citando a los Pixies). "Gracias por los memorex" (para citar a Sarah Vowell), creo que siempre pasábamos el tiempo pensando en la música.

Tú empezaste con esto. Fue el cassette, "Me hablarás por radio". Las rolas: She sells Sanctuary (Cult); Away (Bolshoi); Turn to the Sky (March Violets); Love in a Car (House of Love); Cryin' (Chris Isaak), y otras más.

Y como andaba en un mood 80's, mi respuesta: "Don't Look Down". Cool Places (Sparks); Vienna (Ultravox); Cars (Gary Numan); Metro (Berlin); Bike Ride to the Moon (Dukes of Stratosphere); Hangin' Out in California (Cruzados); Secret Agent Man (Devo); A Song From Under the Floorboards (Magazine) —¿te acuerdas de ésta? Empezaba, "I am angry, I am ill, and I am ugly as sin. / My irritability keeps me alive and thinking." Toda una filosofía.

Luego me mandaste, "Viajes". Hotel California (Eagles); Holidays in Cambodia (Dead Kennedys); One Night in Bangkok (Murray Head); Hawai-Bombay (Mecano); Anarchy in the UK (Sex Pistols); Born in East L.A. (Cheech and Chong); Veracruz (Agustín Lara).

Y con ese tape viajé por las calles de San Francisco. Después hice una copia para un bato que vivía y viajaba por el país en un Volkswagen. Tenía una esquina en North Beach donde se ponía a cantar y a mirar pasar el mundo. Una vez me dijo, "tú, tú algún día vas a escribir una novela". Me caí que sí. La neta. Y possibly voy a salir yo. Possibly. Eso me dijo el guy ese. Y yo pues me reí. ¿Cómo le iba a creer? Antes de irse de SF, le regalé unos tapes. La música, ya sabes.

¿Qué más? El tape de "Bajo los covers." La Bamba (Plugz); Truckin' (Pop o Pies); La negra Tomasa (Caifanes); Happiness is a Warm Gun (Breeders); My Way (Sex Pistols); Blue Suede Shoes (Toy Dolls); Hombre Secreto (Cruzados).

Es que tú sabes cómo se debe hacer un mix tape. La verdad es que siempre hay que tener un plan. Es como lo describe Hornby en High Fidelity. Hay reglas para seguir. Las mejores rolas no se ponen al principio, necesitas manejar a tu oyente. No hay que esperar que todo sea un greatest hit, hay que moderar el tono, tener cuidado. Mantener el interés del listener y también entablar un diálogo con ella o él.

Nunca he podido hacer un mix tape para cualquiera. Necesito conocer a la persona, porque hacer un cassette es una conversación. Tú lo sabes.

Salí una vez con una chava que no sabía de las reglas. Ella me hizo varias mezclas de música. Pero siempre eran malísimas. Por ejemplo, si estaba en una onda Elton John, me ponía tres o cuatro rolas seguidas de él. Pues eso no se hace. Si uno piensa que un grupo merece más de una canción, tons hay que entremezclarlas con otros. Si no, no sería mix tape. También hacía barbaridades como incluir "What a Wonderful World" de Louis Armstrong (sacada del soundtrack de Good Morning, Vietnam) con "I Heard it through the Grapevine" (tomada del soundtrack del Big Chill). No sabía que las rolas existían en otros discos. No lo sé, quizá sea un music snob, pero no saber las canciones en sus contextos originales me hacía dudar de ella. Ni empecemos con esa manía que tenía de incluir rolas que se ponen en miles y miles de películas, anuncios y soundtracks. Le grabé cosas de Sebadoh, Velvet Underground, Can y Café Tacuba. Me regalaba tapes con New Kids on the Block (!), the Beatles (!!), Falco (!!!) y Gipsy Kings (!!!!) Supongo que ella hacía lo que yo, empezaba a escuchar el cassette y nunca lo terminaba. Siempre acababan en el basurero. Lo peor de todo fue que al no poder más, me quejé de sus mixes. Me contestó que no había razón para sacarme de onda. Que eran simplemente mixtapes y nada más. ¡¿Te imaginas?! No duramos mucho tiempo. No le podía perdonar su desinterés en construir un mix tape bien logrado.

Siempre te imaginaba frente al estéreo pensando en rolas. Quizá harías como yo, sacarías muchos discos y empezarías al azar. Una rola te llevaría a otra y así. Llegué a un punto en que pensaba en mixes. Sacaría los discos y los compacts y los pondría ya en el orden que iban a ser grabadas. Claro, siempre me desviaba, una rola me conduciría a otro disco que tendría que ir a buscar.

Y ahora, para un viaje eterno ¿qué pondrías en un tape? Se me ocurriría incluir "Zoom" de Soda Stereo. Quizá "Fade into You" de Mazzy Star porque esa rola me recuerda mucho al desierto. Cuando escucho "Lover's Game" de Chris Isaak (o cualquier rola de él), pienso de carreteras solitarias, particularmente Highway 1 entre San Luis Obispo y Carmel. "The Boy Who Sailed Around the World" de Go Sailor. Algo de Massive Attack, "Protection" quizá. Cure, "Jumping Someone Else's Train." O mejor, "Leaving Train" de los Leaving Trains.

"Maybe I'm coming home; well, I am driving loneliness, a thousand miles long. I'm leaving on that train, I'm a leaving train."

Funex, el Memorex,

d.

TARJETA POSTAL: SANTA BARBARA

Esta tarjeta postal es del exterior de un edificio pequeño en la calle Haley en Santa Barbara, California. En una vitrina está pintado el nombre del sitio, Taquería Los Altos de Jalisco. No hay ninguna figura. Tampoco ninguna leyenda pintada. En una esquina del cuadro, en letras pequeñas, está escrito, "Viva mi desgracia."

La taquería fue el sitio de reunión de un grupo de amigos, Lauren, Jonathan, Matías, Pedro y tú. Se sentaban en la mesa junto a la rocola. A veces alguno se paraba a ver qué rola poner. Los demás pedían cosas que todos sabían que no iba a tener, rolas como "She'll Be a Verb," de Game Theory, "Here Comes a Regular" de los Replacements o "Watusi Rodeo" de Guadalcanal Diary. Esa rocola solo tenía música norteña, ranchera y tex-mex. Los Tigres del Norte, Los Bravos del Norte, Los Invasores de Nuevo León, Banda el Recodo, Los Tucanes de Tijuana, Ramón Ayala, Cornelio Reyna, Flaco Jiménez, Selena. Así que pondrían una de las clásicas, "Idos de la mente," "Eslabón por eslabón," "Viva mi desgracia" "Por el amor a mi madre," o alguna otra. José Alfredo. Nunca faltaba. Siempre "Cuatro caminos."

Eran cinco pero a veces invitaban a otros para disfrutar de una chela helada y unos tacos, burritos o tortas. Pasaron por allí Gastón, Santiago y su hermano Mike, Lisa, Alberto, Migrant Ed y Rolando, entre otros.

Esa tarde, recién llegado a Santa Barbara, te fuiste a la taquería a esperar a Lauren, quien fue la única que pudiste localizar. Esperaste frente al sitio, con el sol californiano y la brisa del mar. Pensaste en Julieta en Tucson. Quería que desayunaran juntos antes de partir, pero le dijiste que pensabas salir como a las cinco de la mañana. A las cuatro te estaba tocando la puerta para llevarte a un Denny's. Te invitó.

Con tal de que no gastes más de $2.50, te dijo.

Antes de irte, le dijiste medio en broma, "debería haberme casado contigo". Too late, contestó, tuviste la oportunidad anoche para conquistarme.

Cuando llegó Lauren, lo primero que hiciste después de pedir la comida fue poner "Cuatro caminos" en la rocola.

CONVERSACIÓN EN EL LIMBO

Cuando le dije a Lauren que me quedaba en el New Faulding, insistió en que me fuera a su casa. Pero no.

I'm staying aquí en este seedy hotel. Besides, ¿cómo no tenerle cariño a un hotel tipo southern Califas misión style que parece estar al borde de convertirse en un David Lynch set? Le contesté.

El New Faulding es un skid row hotel al lado del million dollar avenue de Santa Barbara: State Street. Where you can be a star, pero siempre y cuando tengas cash. Y sin cash en SB, pues a lo más cercano que podrás llegar a tener una dirección en State es el New Faulding. Sobre Haley, entre State y Anacapa.

Era también el perfect place para una persona who has checked out, dropped out para perderse un rato.

Por las tardes los regulars se ponen a jugar ajedrez en el salón junto al lobby. Hay un patio que da al estacionamiento que por cierto es very tiny. Los gerentes saben que la gente que viene al New Faulding no trae carro: suelen llegar a pie, en moto, en bicicleta o en Greyhound bus. Por fortuna, pude estacionarme ya que los carros allí pertenecían a los gerentes y a los dealers que pasaban por allí. Por la tarde el salón era una mezcla de narcos, junkies y gente al borde de quedarse homeless.

Una tarde bajé al salón a pasar un tiempo con dos de los regulars que jugaban ajedrez. Andaban de bata. Me senté al lado de su mesa y uno de ellos me invitó de su termo de café. Estaba bien peinado, se parecía a Harry Dean Stanton.

El otro, que acababa de despertarse, a Peter Weller. En una esquina estaba sentada una chava con pelo raro. Rojo casi naranja, rizado, despeinado. Parecía que tenía la cabeza en llamas. Su cara estaba mal pintada, como si el cantante de the Cure le había pintado los labios. Tenía los ojos negros. Cabeza en llamas, lloraba lágrimas negras. Llevaba patines. En una mano, un cuchillo. Nadie le hacía caso. En otra esquina estaban dos bikers, vestidos en black leather. Acababan de llegar. Sus motos, unas Harleys, estaban estacionadas atrás. Bebían chelas en bote y se reían de algo que les había pasado en el viaje.

Cerca de la entrada, estaba Ángel, un mexicano joven, con el cabello cortito cortito. Camiseta blanca extra large y blue jeans. Supe que se llamaba Ángel porque así le decía su compañera, una dealer que intentaba convencerle que le hiciera un trabajito.

He's an assassin, me susurró Peter sin alzar la vista del tablero. Harry hizo una mueca.

Ángel no le ponía atención a la dealer, solo se quedaba mirando a la tele donde se pasaba *Repo Man*. Era la escena donde Bud le recitaba a Otto el repo code. Terminaba advirtiéndole, "Don't forget it, etch it in your brain. Not many got a code to live by anymore."

Welcome, me dijo Harry, to the land of the lost. Luego me fijó la mirada y dijo, "veo que has recorrido muchas autopistas. Freeways are the cathedrals of our time. Ya lo debes saber".

SPANGLISH ES MI LANGUAGE

Chida esa historia, man, le dice Jonathan a Daniel. ¿Es parte de este book misterioso que me han contado que estás escribiendo?

Daniel le acababa de contar de los tipos del salón del hotel.

Lauren y Pedro jugaban un partido de billar. Era obvio que Pedro perdería.

El Pete is going down, dijo Lauren cuando lo llamó a la mesa de billar.

Maybe. Tal vez. Who knows? Contestó.

Bueno, me gustó nonetheless.

Estuvo a punto de decirle sobre el sueño que tuvo del señor frente a la computadora, pero no sabía cómo contarlo. Sentía que cada vez que quería empezar a hablar de eso como que las palabras se le secaban en la boca.

Habían estado en una fiesta de uno de los profesores del departamento de español de la universidad. Colegas de Lauren. Se fueron pronto, sobre todo porque Jonathan y Daniel se enfadaron con la actitud de una de las profesoras. Se puso a criticar a los estudiantes Chicanos por su español tan pocho. Le parecía una aberración que mezclaran los idiomas. Puso como ejemplo a su hija, que sí sabía distinguir y nunca mezclaba. Y siguió así hasta que Jonathan estuvo a punto de decirle que ya dejara de ser tan tapada. Daniel vio que él estaba a punto de hacer uno de sus típicos comentarios y le cortó. Le dijo a la profesora que le parecían *interesting* sus ideas sobre la lengua, pero it's important to reconocer y aceptar una multilingual generation. Y que si uno no lo aceptara sólo mostraría lo mentally closed que era.

En cualquier caso, terminó, Spanglish is my language.

Al salir, Jonathan le dijo a la profesora que esperaba que dejara a su hija tener una niñez normal y que parara de inculcarle ideas bastante retrograde.

Watcha ese gringo, comentó Daniel, cuando estaban todos en el carro. Watching the back de la raza. Órale!

That's right, ese. Contestó Jonathan. Gotta be down with the causa.

Los cuatro terminaron en Elsies, Jonathan aún enojado por la conversación. Le pidió disculpas a Lauren por haberle arruinado la relación con su colega. Ella le contestó, "y qué, that witch necesitaba oír eso". Y la pobre hija ya es una freak. Tiene ocho años pero se porta como si tuviera cuarenta.

Cuando regresaron a la mesa de billar con una jarra de cerveza para todos, Daniel le comentó a Pedro que estuvo en casa de Matías y Carla en El Paso.

Cool. ¿Qué onda con ese bato? Hace tiempo que no lo veo. Y tampoco se reporta el cabrón.

Está bien. Ya sabes. El bato siempre está buti suave.

Volvieron al partido y el siguiente en la lista era Daniel. Le advirtió a Lauren que sería un partido corto. I'm a premature loser. Premature, en caso todo, actually.

Era verdad, Lauren ganó pronto. No contest, dijo.

Ahora, Mr. Yonatán, te toca.

Pedro y Daniel salieron para buscar una mesa en el jardín.

Así que dejaste a Melina.

Miró al cielo, a la noche sin luna. Lo pensó un rato.

Sí.

¿Y?

No sé. Siempre hemos sido incompatibles, I think. A ella siempre le ha gustado la high life y ya sabes, a mi me gusta más la street life. Y luego se quedó callado, ya no quería decir más.

"Willing to Wait" de Sebadoh por las bocinas. Pedro se puso pensativo. Bebió de su cerveza y luego contestó, It's difficult todo esto. Nunca nos enseñaron cómo ser adultos.

I know.

Salieron Lauren y Jonathan con otra jarra. Jonathan había perdido contra Lauren, pero ella perdió contra una chava llamada Sonia.

Te juro que ella parece una pro, aseguraba.

¡Claro! contestaron todos. Porque solo una profesional te puede ganar.

Jonathan alzó su chela, "to Sonia, the pro".

Brindaron. Y siguieron brindando.

Cuando Daniel regresó a su habitación, casi inconsciente por las cervezas y el recorrido por varios bares y clubes, abrió la ventana para que entrara un poco de aire a la habitación. Podía oír ruidos en las otras habitaciones. Huiqui, huiqui. Una pareja en una sesión intensa de sexo, con la tele puesta en alguna caricatura de Popeye para intentar cubrir sus gemidos y los aullidos de ella. El huiqui huiqui de la cama. En otra, gritos entre una pareja y luego un golpe seco.

Y luego, nada. Silencio.

Daniel cerró los ojos y quiso olvidarse de todo eso. Se puso los cascos y subió el volumen de su iPod casi al máximo para no tener que escuchar. Estaba cansado.

TARJETA POSTAL: PLANESPOTTING

En esta tarjeta postal está un hombre parado en una playa, de espaldas al mar. Hay un avión despegando de un aeropuerto que está al fondo. En la parte inferior de la imagen, en letras rojas, "YOU'LL GO PLACES AT LAX." La pintura está en tonos verdes.

Estabas mirando a los aviones despegar del aeropuerto de Los Angeles. Cuando tenías un vuelo te gustaba llegar temprano al aeropuerto. Después de registrar las maletas siempre buscabas un sitio desde donde podías ver partir los aviones. Siempre te impresionaba el hecho de que algo tan grande pudiera alzarse al aire. Cuando pasaste el verano en Austin, Melina y tú iban a casa de unos amigos que tenían una terraza que daba en dirección al aeropuerto. Te sentabas en la terraza con Andreas bebiendo Shiner Bock y cuando veían un avión intentaban descifrar de qué aerolínea era y de dónde venía. Cuando Teresa, la esposa de Andreas, o Melina salían a preguntarles qué hacían, siempre contestaban lo mismo: Nada, sólo planespotting.

En camino a Irvine, decidiste tomar la ruta 1, designada como una de las All American Roads por el congreso federal. La designación implicaba que la ruta misma era un destino turístico En la costa central del estado, sobretodo entre San Simeon y Carmel —la parte llamada la Cabrillo Highway— la ruta ceñía la cordillera costeña, pasando a varios metros por encima del mar. En la sección por donde viajabas, la ruta se llamaba la Pacific Coast Highway y pasabas al nivel del mar por las ciudades y playas de Malibu, Santa Monica,

Venice y el aeropuerto de Los Angeles. Decidiste parar e ir a la playa que quedaba cerca de LAX. Mirabas a los aviones llegar. Uno de esos vuelos te llevaría de regreso.

Melina te había mandado un imeil que sólo contenía dos líneas, "Every day is like Christmas Day without you. / It's cold and there's nothing to do." Eran letras de la rola "Come on Home" de Everything But the Girl.

Parado allí, con el mar a tus espaldas. Se te ocurrió que estabas en una imagen que olía demasiado a Hollywood.

Cuando pintaste la obra, la diseñaste como si fuera una tajreta postal de mediados del siglo veinte. En el margen, escribiste: "La odio por lo que me hizo. Me odio más a mí por lo que le hice."

VIAJERO

Rest Area cerca de Oceanside. Tijuana bound. Casi el final del viaje.

Como le dije una vez a Carmen, todos los viajes deberían terminar en Tijuana. O empezar.

No sabía qué hacía. Tenía tantas razones por haber hecho lo que hice: dejar a Melina con su depresión y sus social class dreams que no me incluyeron a mí. Pero igual.

Tantas dudas.

Diego se reiría de mi viaje por el Southwest, de todas mis paradas y mi recorrido por los recuerdos, como si armara un greatest hits. De Newport Beach bajé por la Pacific Coast Highway, pasé por los beach cities de Emerald Bay, South Laguna y Dana Point, el mar a mi derecha hasta conectar con Interstate 5, el San Diego freeway. Pensé seguir por lo que era el viejo Camino Real, el que empezaba en la misión de San Diego de Alcalá y terminaba en la misión de San Francisco Solano y conectaba las misiones, los presidios y los varios pueblos de la Alta California española. En la época colonial, la ruta empezaba en Baja California Sur, en la misión de San Bruno, pero ahora la parte que se mantenía en uso era la de la Alta California. Ahora ese camino real formaba parte de las Interstates 5 y 280 y partes de las rutas 101, 82, 87, 37, 92, 238, 185, 121, 12 y 123. Números de carreteras que iban norte sur, sur norte. Números que ahora figuraban en la aritmética de mi pasado.

Pensaba en las rutas que había tomado en mi viaje. América astral. La América de la libertad absoluta de sus autopistas, como diría Baudrillard. La América que yo nunca pensé buscar. Era el país donde había crecido y no había necesidad de explorarla: ya la conocía. Eso pensaba. Por eso fui a buscarme en viajes internacionales: conduciendo un taxi en Oslo, enseñando inglés en Istanbul, perdido en las calles de la Ciudad de México, en recorridos por Madrid. Viajero, me iba de puerto en puerto.

Miraba al Pacífico. Las olas. Cuando vivía en Santa Barbara me encontraba a veces atrapado por la imagen de los delfines en el mar. Y aunque cuando volví a pensar en ello, me parecía demasiado cursi, no podía evitar sentir algo por esa imagen tan de tarjeta postal. Pensé en Melina y en Carmen. No podría asegurar que no había aprendido nada en este viaje por las rutas del suroeste. Pero tampoco que fue una lección sublime.

MADRID: CAFÉ COMERCIAL

Daniel llegó al café antes que Carmen y consiguió una mesa afuera. Pidió un café cortado. Miraba a la gente pasar cuando vio salir de la boca del metro una chava. La chava empezó a caminar frente al café, era obvio que esperaba a alguien. Y esa persona llegaba tarde. Ella se paró al lado de la boca del metro a mirar por todas partes. Intentaba mantener su compostura, pero se le notaba en los ojos que se ponía más y más triste. Sacó un cigarro y le temblaban las manos mientras lo encendía. Daniel se puso a mirar a otra gente porque sintió de repente su tristeza. Sabía lo que era esperar a alguien. Cuando la volvió a mirar estaba llorando. Ojos tristes. Nadie fue a preguntarle si estaba bien. Nadie. Todos, Daniel incluido, pretendían no verla. Se concentraban en los amigos o en alguna revista o periódico. Algo. Cualquier cosa que no fuera ella y su tristeza. Hablarle habría sido como aceptar que la gente está sola, o haber reconocido las veces en que nosotros también habíamos esperado a alguien que nunca llegó.[39]

Daniel siguió mirando a todos lados, sabía que pronto llegaría Carmen y se irían a cenar. Esa sería la última noche que se verían en Madrid. Antes de cruzar la calle, Daniel se acordó de la chava, sola, parada en frente del café. Los ojos llenos de lágrimas.

---

39 Hoy me di cuenta de que los murmullos me quieren ahogar. De nuevo. Caminé por la casita hecha de mis recuerdos y decidí tomar todos los objetos y aceptar que eran míos. Yo hice esto. Yo leí esto. Yo dormí aquí. Yo causé este daño. Yo causé este daño. Todo este Rancho de las Últimas Cosas fue causado por mí mismo.

LO PASADO, PASADO

To: Miss_Cuernavaca68@rocketmail.com
From: elpocho66@writeme.net
Subject: Lo pasado, pasado

¿Te acuerdas de la última vez que nos vimos? Después de cenar caminamos hacia Lavapiés para vernos con el grupillo. Pasamos la noche en grupo pero en ningún momento sentía que estábamos con ellos. Tú y yo estábamos en otro flow, juntos. En la mañana te acompañé a la boca del metro. Te miraba fijamente. Tus ojos felices. Nos abrazamos. Y por primera y última vez, nos besamos en los labios. Fue un beso que me recordó los veranos al lado del mar. Un beso largo. Largo. Así lo sentía. Y sentía que todo estaba bien. Que todo estaría bien. Allí, en tus labios. No me quería apartar de ellos. Sentía que todos esos años de viajes continuos llegaban a su fin. Cuando nos separamos, no dijimos nada. Solo nos quedamos abrazados allí. Quería decirte algo, pero no sabía cómo.

Tampoco sabía si era necesario.

A mi regreso me di cuenta de que si te hubiera invitado a viajar conmigo, lo hubieras aceptado. Supe que estabas dispuesta a partir conmigo hacia cualquier parte. Estuve a punto de ir a tu casa. No sé por qué, pero estaba seguro de que ibas a estar parada afuera, esperándome. No regresé.

Nuestra historia es así: siempre principios. Encuentros y reencuentros.

D.

NOCTURNO EN LA FRONTERA

Playas de Tijuana.

Noche.

Después de pasar la tarde sentados en una terraza con vista al mar, Chicano Art y Daniel decidieron cruzar la calle para jugar billar. Dejaron atrás el trío norteño que tocaba en el malecón. Art había pedido varias canciones, "Con la tinta de mi sangre," "Sabor de olvido," "Me caí de la nube," "Comprendí tu pena." Otras. Para molestar, Daniel le preguntaba a Art si el trío conocía rolas como "Willing to Wait" de Sebadoh o la rola de los Cars "All Mixed Up".

Al dejar la mesa, Daniel miró al mar y quiso acordarse de todo aquello, de las botellas vacías de cerveza en fila sobre la mesa. De la música. De la puesta del sol. De las islas Coronado.

Chelas al lado del mar, dijo Art. Can't beat that.

Frente a la mesa de billar, Daniel comentó que le gustaba beber chelas así, en plan hangueo. Algo que ya no podía hacer en New York con Melina. Ella bebía como si su vida dependiera del alcohol para que se le pudieran bajar las defensas y empezar a gritar y bailar alocada. Después siempre lo empezaba a insultar y si intentaba calmarla se enojaba más. Era difícil salir con ella. Porque luego decía que fue el alcohol.

Él, para resistir, dejó de beber cuando salían juntos a fiestas.

No sé bato. Chicano Art opinó. Es tough. Checa esto, es sobre el jefe de un cuate, un tipo bastante cool.

Es un bato en sus setenta, fue psicólogo por muchos años. Un marriage counselor. Los jefes de mi cuate han estado casados unos cuarenta años. O sea, un chingo de tiempo.

Bebió de su cerveza y se preparó para su turno. Taco en mano, apuntó para meter alguna bola.

Le pregunté una vez qué onda, cómo lo hacía. Pensé que era por eso de su jale, you know. Marriage counselor. Quizá tenía un método secreto. Y como no estaba dispuesto a pagar lana a un therapist, decidí intentar sacar trade secrets, tú sabes. Alguna técnica.

Claro, para que tú luego lo escribieras en un libro de auto ayuda y ganarte un chingo de pasta.

No man, tú sabes. No te tengo que explicar por qué me interesaba saberlo.

All right bróder, just pulling your pelo, bato.

Ok then. El ruco me miró un buen tiempo y luego me dijo que no tenía ningún método ni técnica. No creía que pudiera existir un how-to-stay married guide.

Chale.

Neta, bato, neta. Checa esto, el ruco hacía sus cosas. Trabajaba en su jardín, salía los viernes con los cuates a un bar y un par de veces al año la waifa y él tomaban unas vacaciones en Las Vegas. Y todo estaba cool.

Pero…

¡Pero nada! Tienes que conseguir tu propia rutina. Tienes que ajustarte a tus cosas y a las cosas de ella. No es fácil hacerlo. Te lo digo por experiencia. Ahora ya no quiero hablar de esto. Tell me about tu viaje, la ruta que tomaste para llegar aquí, cabrón, a esta esquina de las borderlands.

Daniel le habló de su viaje, de los hoteles y moteles

baratos por donde había pasado, de las carreteras que había tomado. No le habló del sueño del hombre que escribía. Pero sí comentó que a veces sentía que alguien le miraba. Y dijo que seguro que fue por su sentimiento de culpabilidad. Jugaron varias mesas de billar mientras en el bar ponían música de los '80. The Cure, Elvis Costello, Oingo Boingo.

Llegaron el Róber, el Migrant Ed y el Pancho para echarse unas chelas. La conversación giró alrededor de la música, las nuevas rolas, las clásicas, las peores.

Nadie sabía quien estaba ganando las mesas. Ni importaba.

Más tarde al Migrant Ed se le ocurrió sugerir que cruzaran el cerro para seguir pisteando en la zona norte. Después de pensarlo un rato, decidieron caer al Zacazonapan. Ya instalados en la cantina, el grupo juntó un par de mesas y empezaron a pedir cerveza. Chicano Art le explicó a Daniel que la rocola de la cantina tenía toda la música del mundo: de Abba a Nirvana, de Los Relámpagos del Norte a ZZ Top, de the Cure a Led Zeppelin. Esta rocola está conectada a los sentimientos de todos aquí en el bar, en Tijuana y tal vez en el mundo, le dijo. Nos ofrece la banda sonora de nuestras vidas en el pinche mundo, carnal.

Regresaron al amanecer. Chicano Art vivía en la playa y los dos se sentaron en la terraza a mirar al mar. Veían cómo el cielo se iluminaba detrás de ellos, cómo la noche caía al mar mientras el día avanzaba. Art le aconsejó que even en rock hard times había que seguirle. Seguirle. Nadie dijo nunca que el matrimonio siempre iba a ser una fiesta. Había que aceptar los hard times y avanzar hacia los good good times. Luego le comentó que Migrant Ed se encontró con Melina en New York. Se veía mal. No le dijo que Daniel la había dejado, pero era obvio que se sentía perdida. Chicano Art le sugirió que ya tomara una decisión, no podía seguir evitando lo que no quería: o decidir que por fin iba a dejar Melina y decírselo, o regresar a New York para salvar la relación.

EL LIBRO QUE NUNCA TE ESCRIBÍ

To: Miss_Cuernavaca68@rocketmail.com
From: elpocho66@writeme.net
Subject: El libro que nunca te escribí

No, pos, my dear Miss, mi viaje casi ha terminado. Next stop: el border.
¿Te digo algo?

Me pareces extremely buena onda. Me caes muy bien, la neta. Recuerdo muy bien esos días en Madrid. Pienso qué hubiera pasado si me hubiera quedado esa vez como me lo pediste. ¿Te acuerdas? Era una broma cuando me lo dijiste, por lo menos así lo pensaba entonces. Pero en esa época, como ahora, estábamos comprometidos con otras ondas. Y la neta, sentía que pasaba algo entre nosotros, algo. Y ahora que estoy de viaje he soñado (hay que admitirlo) con despertar junto a tus ojos felices, a tus labios de verano frente al mar, a tu sonrisa.

Pero la verdad es que tengo que regresar a los ojos de mi waifa. Ella, mi chava de los ojos tristes.

Según me cuentan los cuates en New York, me dicen que anda como triste. Y la cosa es que sé que está triste por mí. Aunque pasamos por nuestros malos momentos, me necesita. Perdimos un hijo y aunque intentamos seguir adelante, todavía sentimos su ausencia. Pensé que la dejé porque ella quiso que me fuera, no quería mi presencia. Pero no, me fui porque nunca he sabido estar presente. Melina me necesita.

Y la necesito también.

Sí, soy un cursi perdido. Lo admito. Guilty.

Y me doy cuenta de que no es tan fácil dejar a alguien.

Me caes muy bien, mi estimada Miss. La neta. Siempre me has caído bien. Como que tenemos un conecte. Tú lo sabes. Yo lo sé también. Cuando estamos juntos se nos olvida todo, es verdad. No vemos el mundo que nos rodea.

Lo has sentido como yo.

Pero aún así, lo que tenemos mi waifa y yo es mucho, mucho más fuerte.

En un momento quería que te vinieras a Tee Yei para que pasarás un ratín conmigo. Te iba a acosar, la neta. Te iba a contar del libro que nunca te escribí cuando te conocí, el libro que pensé que te estaba escribiendo desde que nos reencontramos. Pero me doy cuenta de que ese libro no lo dirijo a ti, más bien se lo dedico a ella. Siempre se lo he escrito para ella y lo que tú y yo tenemos sólo son fragmentos de otro libro, de otra vida. Me doy cuenta también de que estas tarjetas postales que vengo armando están dirigidas a ella.

Antes de partir, un cowboy me dijo que me faltaba recorrer algo. Se me olvidó preguntarle si iba a regresar. Cuando te vi de nuevo pensé que no, que mi viaje me llevaba a ti. Pero ahora me doy cuenta de que sí, hay que regresar a ella.

Así que nos vemos, mi estimada señorita C, nos vemos por estas vías cibernéticas.

Y con ésta me despido...

Despedido,

D

DEAD LETTER OFFICE

I wonder si José Alfredo Jiménez y mi papá se hablaran. Ya me los imagino a los dos, sentados juntos en la cantina. Mi jefe pidiendo chela tras chela, José Alfredo a su lado. Me imagino a José Alfredo susurrándole a mi jefe mientras pisteaba en el bar. Le hablaría con letras de sus canciones. "Esta noche me voy de parranda". "Sentí que mi vida se perdía en un abismo profundo". Y mi jefe, alzando su chela. "Tengo que acabar con ese querer que te hace llorar".

Tengo que reconocer que José Alfredo me habló a mí. Sus canciones me marcaron un mundo que cantaba a la soledad y la itinerancia.

Todos tenemos un poco de José Alfredo.

Me di cuenta de que me casé para no estar sólo. Pero tampoco me quería comprometer. A la vez, Melina tampoco. Éramos una pareja unidos por el hecho de que no nos gustaba estar solos.

No nos unía el amor sino la inercia.

No sabía qué hacer con eso. No sabía si esto me daría fuerza o me ayudaría a tomar una decisión. No sabía si me llevaría al fracaso.

Según Melina, yo no era la persona perfecta para mantener una relación fuerte. Claro, no me lo dijo hasta después de seis años de matrimonio. Como si los primeros años fueran un trial period. Cheque su pareja, pruébela y si Ud. no está completamente satisfecho con su decisión, regrésela, se la cambiamos por otro modelo. Soñaba con un contador, o un magnate de internet y le tocó un asistente de archivista. Uno que estaba demasiado conforme con lo poco que tenía, según ella. No le gustaba que yo no trabajara como ella, que no tuviera los mismos sueños de pertenecer al power class. No le gustaba que prefiriera conversaciones sobre los cómics, sobre el rock, sobre el cine, en cafés estudiantiles, en vez de los power lunches en restaurantes importantes.

Pensar eso aclaraba mi pensamiento, me daba la justificación necesaria para irme y finalmente, dejarla. Me convencí de que no me quería porque no fui a verla a Ámsterdam. La pobre tuvo que pasar todo eso sola. Y aunque nunca me lo recriminó, sentía que me culpaba. Y no solo por eso, sino por todo, por no saber hablar con ella, por no saber apoyarla, por no querer hablar seriamente de nuestra pérdida. Y la verdad es que no sabía cómo. No sabía cómo hablarle seriamente sobre eso.

Porque sobretodo, no sabía cómo decirle que no quería ser papá.

No quería, no quería.

Me aterrorizaba esa responsabilidad. Temía que terminaría como mi propio padre.

Y al final, justo pasó eso.

Ahora me doy cuenta de que ya no me da miedo la idea. Pero sí me da miedo confesarlo.

La dejé por ser un pinche cobarde.

Mi recorrido casi se termina. Está el mensaje de C en mi Inbox. Nunca le he contestado. Me puse a leer los imeils que le escribí, las historias que le conté. Ninguno enviado. Los tenía en un archivo cada vez más extenso llamado "Dead Letter Office." En algún momento pensé que sería bueno enviarlos, para poder mantener el contacto con esa chava que había conocido en el momento oportuno. Al principio casi lo hice. Pero me di cuenta de que no era tan fácil realmente tomar de nuevo un contacto perdido hace años. Mi archivo de cartas muertas terminará con los demás recuerdos de ella, digitalizados en mi PowerBook.

TARJETA POSTAL: LA LÍNEA

Esta postal es un paisaje costero. Pero hay un muro de metal que baja desde una colina hacia el mar. El muro divide la playa y entra al mar, las olas chocan contra él. En una parte, cerca de la playa, hay una figura empalada en el muro.

La línea —conocida en otras partes como "la frontera"[40] — acaba dentro del mar. El muro termina a varios metros dentro del agua, dividiendo la playa, las olas y las aguas. Como si el mar —sobre todo el Pacífico— pudiera ser controlado.

La línea es un muro de metal oxidado —por el mar, por el clima, por las relaciones históricas entre las naciones que a veces no se ven eye to eye. En la garita, el muro es una alambrada desde donde uno puede pararse del lado tijuanense y mirar hacia el downtown de San Ysidro. En dirección hacia el oeste, el muro se convierte en una chapa ondulada donde a veces aparecen murales o pintas de diversos tipos del lado mexicano. En el otro lado no hay nada. Es un baldío por varios metros hasta el segundo muro, más alto e imponente que el primero, construido por material que originalmente se usó en la primera guerra del golfo de 1990. Este muro doble sigue por varias millas hasta casi llegar al cerro que divide Tijuana de Playas de Tijuana. De allí hasta el mar, el muro es uno. En la playa, del lado de los USA, está el Border Field State Park, una zona con mesas de pic-nic y vistas al

---

40 La línea: frontera, límite, puente, herida abierta. La línea se definió el 2 de febrero, 1848, cuando se firmó el tratado de Guadalupe Hidalgo —firmado en la antigua catedral a la Virgen de Guadalupe— que puso fin a la guerra entre Estados Unidos y México, la Intervención Norteamericana en México.

mar pero de difícil acceso ya que se tiene que cruzar el no-man's land vigilado por los ojos electrónicos de la migra. En todos tus viajes a playas de Tijuana, nunca has visto a nadie más que a la migra en el park.[41]

Esta postal termina tu exposición de imágenes. Te quedas parado frente a la obra, piensas en la figura empalada. Así te sentías tú, empalado entre fronteras. Lo que nadie sabe es que cuando pintabas la obra, pintaste a un niño, un tipo Star Child como al final de la película *2001*, un Spaceboy que flotaba por encima del muro e intentaba alcanzar a la figura empalada. Luego lo cubriste. Todavía lo sientes como parte de la pintura.

---

41 A veces llegaba alguien y metía la mano por entre la reja, los dedos tocando ilegalmente al país vecino. Esto se veía con más frecuencia en la garita. Una vez me tocó ver una pareja separada por la alambrada: ella en San Ysidro, él en Tijuana. Sus dedos se tocaban por entre la reja y se miraban fijamente. Detrás de él estaba un mariachi que serenaba a la pareja. El horror no es lo único de la frontera: también existe la belleza y la cursilería.

EN ALGÚN LUGAR DE LA LÍNEA

Estaba parado frente a uno de los obeliscos del lado mexicano de la línea. En el Border Field State Park solo había un coche, un Suburban de la migra. A espaldas a los USA me recargué contra el muro. Miré a la playa y al mar a mi derecha, a la gente que jugaba en las olas o caminaba por la playa hasta llegar al muro y quedar pensativa unos minutos. Cerca de mí, había un grupo de personas que miraban al migra en su Suburban.

Frente de mí estaba la Avenida del Pacífico con sus cantinas y restaurantes y taquerías. En el restaurante más cercano había un trío norteño afinando sus instrumentos al lado de una familia. Había mucha gente en la playa, disfrutando de una tarde de sol y mar. Pensé en la tarde anterior, cuando Chicano Art y yo dejamos la terraza del Negro Durazo para cruzar la calle e ir jugar billar.

Finalmente saqué mi móvil y lo prendí. Esperé que captara la señal de AT&T de los USA. Miré a la gente: los que salían de los restaurantes; los que bajaban a la playa; los que miraban hacia el norte; el paisaje de San Diego en la distancia. No sabía cómo marcar. Miré el móvil, pensando en qué iba a decirle.

Marqué el número de mi casa. Cuando oí que contestaba, no esperé que hablara.

¿Melina? Look. Tenemos que hablar. Te quiero contar miles de cosas. Te quiero hablar de las cosas que he visto y he pensado. He estado a la deriva. Eso. A la deriva. Wandering. ¿Sabes? Persiguiendo una estrella itinerante. Quiero estar contigo para contarte todo esto. No sé cómo lo voy a hacer. Pero intentaré. Para ver si podemos empezar. No sé, empezar de nuevo.

Melina no decía nada. Solo se oía el viento que venía del mar que se mezclaba con el white noise de la conexión telefónica.

Esperaba su respuesta.

Cualquiera.

—Salamanca; Madrid; State College; México, DF; Tijuana; Barcelona; Iowa City; Estambul; Ankara; Albuquerque, NM: 2020.

NOTA PARA DESPABILAR

Siempre digo que soy cuentista porque soy hombre de poco aliento. Pude completar esta novela con la ayuda de mucha música, amigas y amigos de conversación, varios tragos, viajes, muchos años de trabajo y, sobre todo, mi editor, Pedro Medina, y el equipo genial de Suburbano Ediciones. Cuando empecé este proyecto, a principios de 2003 en Salamanca, pensé que sería un proceso fácil. After all, la mayoría de lo que tenía pensado ya estaba hecha; la novela nació como una colección de cuentos. Mi idea era construir el libro a través de fragmentos; imeils, cuentos y viñetas. Juntos construirían una historia de un viaje por el Southwest. Me interesan los libros compuestos por muchos elementos, pero no al editor en NYC que me había encargado convertir el libro de cuentos en una novela: insistía en que fuera menos fragmentado. Al final, esos cuentos acabaron publicados mayormente en mi último libro con Suburbano, *En el Lost 'n Found* (2016). Lo que fue el armazón de la historia seguí trabajando en los lugares por donde pasaba: hoteles aeropuertos, apartamentos de amigos. Mi plan original era terminar el libro en seis meses. Me tomó diecisiete años (¡!).

Parece que tuve más aliento de lo que pensaba.

Varios amigos han estado conmigo en este viaje y les agradezco sus lecturas, comentarios y apoyos para este proyecto que ha sido mixed and remixed tantas veces a través de los años. A Pedro, gracias por contestar tan rápido cuando te dije que creía que tenía una novela lista. Muchísimas gracias a ti y a Gastón por sus lecturas y comentarios tan cuidadosos.

Me da un gusto enorme trabajar de nuevo con Suburbano Ediciones, sobretodo por el apoyo que dan a la literatura en español desde los USA. Es importantísimo apoyar proyectos como las de Suburbano porque ayudan mucho en promover nuestra literatura y cultura, especialmente en estos tiempos cuando nuestras comunidades hispanas se ven bajo sospecha, maltratadas y atacadas. Se me ha preguntado por qué escribo en español, siendo nacido en los USA. Mi respuesta es sencilla: because it is urgent. Es urgente demostrar que nuestro Spanish tan maligned y questioned puede usarse para crear. Es urgente poder contar nuestras historias en este language que se encuentra en el in-between, como nos encontramos muchos de nosotros. Nuestro Spanish es un arma para subvertir nociones fijas de identidad homegénea. Es urgente, es necesario y me alegra mucho que haya editoriales como Suburbano que apuestan por nuestras voces.

Y para ti, que has llegado hasta aquí en esta novela, un saludo, un abrazo y gracias por darle vida a esta historia.

En cuanto a la música que siempre está presente en mi vida, armé una banda sonora para esta novela. Y aquí está: https://spoti.fi/2WPgkIj

Gracias, gracias totales.
—*Albuquerque, julio 2020.*

NOCTURNO DE FRONTERA